VÃO LIVRE

VÃO LIVRE   Tomas Rosenfeld

Copyright © 2019 Tomas Rosenfeld
Vão livre © Editora Reformatório

Editores
Marcelo Nocelli
Rennan Martens

Revisão
Marcelo Nocelli
Natália Souza

Imagens de capa e interna
iStockphoto

Design e editoração eletrônica
Negrito Produção Editorial

Dados Internacionais de Catalogação na Publicação (CIP)
Bibliotecária Juliana Farias Motta (CRB 7/5880)

Rosenfeld, Tomas, 1986-
    Vão livre / Tomas Rosenfeld. – São Paulo: Reformatório, 2019.
    184 p.; 14 × 21 cm.

    ISBN 978-85-66887-52-5

    1. Romance brasileiro. 1. Título.

R813v   CDD B869.3

Índice para catálogo sistemático:
1. Romance brasileiro

Todos os direitos desta edição reservados à:

EDITORA REFORMATÓRIO
www.reformatorio.com.br

Primeira parte 7

Segunda parte 49

Terceira parte. 75

Quarta parte 115

Quinta parte 143

PRIMEIRA PARTE

QUERIA SENTIR o frio que faz lá fora. As eclusas que separavam o mar da terra, impedindo os Países Baixos de serem inundados, haviam habitado minha imaginação desde pequeno. A perspectiva de viver longe da pressão incrível dessas enormes paredes de ferro excitava-me. Sentia ainda a despedida do dia anterior: a resistência emocional enfraquecida e o peso do álcool no sangùe. O arrependimento por ter dispensado o efeito libertador do vômito antes do sono me consumia. Admiti que não haveria alternativa enquanto sobrevoava o oceano, mais precisamente o arquipélago dos Açores, segundo o mapa na televisão a frente. Apanhei um saco na bolsa do assento e deixei o vômito sair sem resistência.

A aeromoça perguntou se precisava de alguma coisa. Lembrei-me de um voo de planador que fizera quando criança e a consulta do piloto: um trajeto *com* ou *sem* emoção. Diante de uma resposta destemida, o instrutor sugeriu que se sentisse enjoo abrisse uma janelinha no acrílico transparente na cobertura do avião e enfiasse o punho para fora para que o ar entrasse com força. Precisava do sopro do vento a duzentos quilômetros por hora congelando meu rosto, mas pedi um copo de água com gás.

O enjoo era forte, não me lembrava de já ter sentido alguma coisa assim. Meu senso de equilíbrio era ainda afetado pelo excesso de cores e movimentos: as centenas de pequenas telas criavam um mosaico assustador da programação de entretenimento. Filmes, jogos e séries explodiam suas cores em cada poltrona. Sentia dentro de mim um desejo de penetrar o universo escuro, nadar em um oceano de sentidos, observar os movimentos dos animais marinhos, o nado livre.

O fluxo do estômago impunha o seu ritmo e ondas de enjoo percorriam meu corpo. Os vizinhos de fileira haviam se levantado e saído em busca de um médico, uma comissária de bordo mais bem preparada ou simplesmente de um lugar imune àquele organismo rebelde. O avião voltava-se para mim, uma atração bizarra com um saco de vômito em mãos; um pequeno animal, incapaz de se comunicar, com contrações esparsas de um líquido marrom cujo odor espalhava-se pelo espaço.

O voo encontrava-se na metade do percurso, ainda teria que aguentar a situação por mais quatro ou cinco horas. Eu havia cogitado adquirir uma passagem de classe executiva, o que possivelmente tornaria aquelas horas menos sofridas, mas preferira um início humilde. Raramente as medidas familiares de austeridade eram sugeridas por mim, mas essa era uma exceção. A ideia de um imigrante simples e trabalhador mudando-se para uma terra de promessas tinha lugar em meu imaginário.

Como resultado, um corpo grande e avermelhado ganhava ainda mais destaque no pequeno e pouco reclinável assento azul. O cabelo loiro quase todo acima do encosto e os braços cortados ainda nos ombros pela espalda estreita. Era assim que me imaginava visto de fora. Um homem de movimentos soltos, largos e um nome breve. Ouvi outra aeromoça se aproximar, encolhendo-se antes de oferecer ajuda: "Senhor Kees, caso precise, a equipe está à disposição para auxiliá-lo."

Eu gostava da ideia de chegar ao Brasil com toda a família. A sensação de ser um provedor, carregando seres dependentes e frágeis. Alimentava a ideia de que me sentiria assim, mesmo intimamente tendo que lutar com a força de Karin. Contudo, resignei-me diante das circunstancias que me obrigaram a viajar só. Acostumei-me à ideia imaginando-me um pioneiro, como os imigrantes de outros séculos, que partiam para arrumar trabalho antes de levar toda família. Era ainda mais forte do que o homem que trazia consigo mulher e filhos.

Precisava libertar-me do avião. A melhor ideia que tive foi colocar os fones e ouvir música. Tirei o telefone do bolso, sentindo a tela deslizar pelo forro da calça, o contato macio entre tecido e vidro. Havia buscado diversos cantores brasileiros e, apesar de gostar de boa parte das músicas, ainda mantinha com elas um nível superficial de envolvimento. O disco de Caetano Veloso com músicas americanas, contudo, mostrava-se uma transição promissora, uma introdução mais profunda ao universo musical brasileiro. Músicas com as quais já tinha intimidade, cantadas por um músico local. *Foreign Sound* estava em ordem aleatória e Diana começou a tocar: *"You and I will be as free/ As the birds up in the trees/ Oh, please stay by me, Diana."*

Quando fechei a empresa, no momento em que comuniquei a decisão ao meu sócio, havia sentido náusea e frio. Meus olhos perderem o foco por um instante, um calor gasoso subiu do estômago e as extremidades do corpo congelaram. Vi-me de pé sobre a comporta, uma placa metálica frágil contendo diante de si a imensidão do oceano. Lembrei-me da escalada que havia feito nas férias anteriores, a sensação de sentir o limite vertical do mundo. O ar rarefeito, a tontura, o frio na ponta do nariz. O corpo cansado e atento. Sobrevoávamos a fronteira; o avião entrava em território brasileiro.

O POUSO NÃO foi nada suave. Senti como se as milhares de ranhuras no asfalto da pista, desenhadas para aumentar o atrito e reduzir o tempo de frenagem, tivessem não poucos milímetros, mas alguns metros. O trepidar do corpo e da mente eram intensos. O raciocínio ia e vinha, a noite anterior, alguns fragmentos de falas de um amigo, um conselho de vida de um bêbado esgotado, Karin pacientemente explicando às nossas filhas o que significaria voar por milhares de quilômetros e chegar ao Brasil.

Havíamos comprado um globo em uma loja de antiguidades e tentávamos tornar o trajeto palpável: primeiro com um movimento contínuo do dedo indicador, enquanto a outra mão girava o mundo em alguns graus. Depois, diante da incompreensão daqueles dois pequenos seres para quem o Brasil era uma palavra excitante, porém reduzida a uma única associação, criamos uma ponte de massinha laranja entre o velho e o novo continente. O Brasil era o futebol, uma força cuja derrota de sete a um para os alemães elas tinham dificuldade em assimilar. Assim como a ideia de viver em outro lugar não era compreensível em sua totalidade: às vezes nossas filhas incorporavam a noção de que viveriam em outro bairro, que frequentariam outra escola e que

vão livre ◉ *13*

as pessoas não falariam todas holandês, mas imaginavam tudo isso vivendo na mesma casa de dois andares.

Tocando no globo, na extremidade final da ponte de massinha laranja, perguntavam onde nossa casa ficaria; não em um sentido abstrato, mas onde a casa seria colocada, onde aquele objeto branco de quarenta toneladas aterrissaria. A ideia de viver em outro lugar só era concebível a partir da própria casa. Podemos viver onde quer que seja, contanto que a gente durma e tome café da manhã dentro de casa. A derrota do Brasil para a Alemanha na Copa do Mundo guardava um paradoxo semelhante. A impossibilidade de uma potência como o Brasil, exótica e misteriosa, que não perdia, ser humilhada por um país tão comum como a Alemanha não fazia sentido.

Meu corpo parou e alguns passageiros aplaudiram. Por algum motivo que atribuí ao destino, aterrissamos em Recife, ao invés de realizar a escala original em Fortaleza. O preço da passagem era quase duzentos euros menor, mas não havia sido esse o motivo para pegar um voo com escala no Nordeste, ao invés de ir direto para São Paulo. Havia acompanhado as negociações que levaram ao surgimento de uma empresa de aviação *low cost*, fruto da fusão de uma companhia holandesa à outra francesa e os desdobramentos da criação de um *hub* de voos conectando Europa e Brasil no Nordeste brasileiro.

Quando comprei a passagem, habitando um corpo descansado e saudável, senti curiosidade de voar pela nova companhia. O otimismo e a curiosidade, contudo, haviam desaparecido diante do enjoo. Por algum motivo o aeroporto de Fortaleza estava fechado. Recife ocupava um território longínquo em minha memória escolar. O nome de Maurício de Nassau confundia-se com o de um achocolatado que bebia nos intervalos entre uma aula e outra. Ao decidirmos mudar para o Brasil, procurei desassociar a relação entre a história de meu país de origem e destino. A ideia de que a Holanda havia colonizado um território brasileiro não combinava com a narrativa que construía para a viagem. Não queria de forma alguma ser confundido com um colonizador.

Senti o calor que fazia lá fora. Sem um *finger* conectando o avião ao aeroporto, o ar quente invadiu o espaço. O cheiro do mar desenterrou a lembrança de um livro com pinturas do Eckhout que havia comprado, quando a ideia de se mudar para o Brasil ainda não havia sido verbalizada. Enxerguei nitidamente a cor das frutas, a natureza morta do pintor conterrâneo maravilhado com a natureza dos trópicos. Os índios e os negros, os rituais e o dia a dia no paraíso selvagem de quase quatro séculos antes. Senti-me um nômade. Como se chegando a uma terra onde ainda fosse o tempo da caça e da coleta, anterior à fixação proporcionada pela agricultura e eu mesmo um ser anterior à escrita.

Os PRIMEIROS dias em São Paulo foram névoa. Difícil distinguir a cidade e os meus sonhos – e, mesmo entre eles, aqueles que tive no passado, imaginado a cidade em que construiria minha casa, dos que tinha diariamente. Os lampejos de memória que apareciam enquanto dormia e dos quais tinha vaga lembrança ao despertar confundiam-se com cenas do presente e massas de lembranças de memórias projetadas.

Passei os primeiros dias andando de um canto a outro da cidade. Tentando entender a luz, a língua e a forma de negociar. Encontrei antigos colegas de trabalho expatriados e conversei com corretores de imóveis. Em um almoço, um amigo contou que conheceu algumas pessoas que poderiam jurar que a varejista de roupas C&A era uma empresa brasileira. Aparentemente a estratégia de marketing da empresa havia sido tão bem-sucedida que sua origem holandesa desaparecera do imaginário dos consumidores brasileiros. Li depois que a empresa havia sido uma das primeiras a usar um garoto propaganda negro e imediatamente lembrei de um retrato pintado por Eckhout, em que uma mulher negra, forte e de seios expostos pousa a mão sobre a cabeça de uma criança.

vão livre ◈ *17*

Em minha terceira noite, sonhei com a família Brenninkmeijer, com dois amigos e um ritual de dança Tapuia. Os bilionários fundadores da C&A participavam comigo de uma dança indígena. Como se as minhas imagens reprimidas do que seria um holandês vivendo no Brasil invadissem os sonhos. Eu não queria pensar em Eckhout, não queria ter a visão de um naturalista do século dezesseis. Não queria ser o gringo rico dono de um império bilionário que vinha ao país explorar novas oportunidades de negócios. Tinha medo dessas imagens e as afastava quando podia, mas os sonhos eram um terreno sem controle. Meus amigos riam de mim. Seguravam dois copos altos de cerveja enquanto eu e os Brenninkmeijer suávamos dançando com os índios.

A cidade em si não me atraía, mas a imagem que eu ainda guardava era maior. As cores das ideias que produzi enquanto sonhava construir uma casa no Brasil ainda estavam lá. Sobreviveram ao trânsito, ao cinza e à burocracia que marcaram meus primeiros dias. Enxerguei as primeiras sete semanas que passei em São Paulo com uma lente de exceção. Arquivei o incômodo e o cansaço com as horas desperdiçadas entre cartórios para retirar meu Registro Nacional de Estrangeiro em uma pasta leve, dedicada às coisas que não permanecem. Mais do que transitório, apostei que minha infelicidade inicial se devia à solidão e a outros efeitos psicológicos atuando sobre a mente de um estrangeiro. Fiz um esforço para que a decepção com a sujeira nas praças e uma arquitetura sem graça não imprimissem sua marca sobre a imagem colorida que eu trazia. Eu sempre soube que São Paulo era cinza e caótica, mas não havia considerado uma variável atenuante fundamental: a perspectiva de futuro, de viver ali por alguns anos. A ideia de futuro empurrava o gradiente de cinzas em direção à escuridão.

Um outro sonho era recorrente. Karin perdia-se em uma floresta. Eu gritava seu nome, mas ela não ouvia ou ignorava. Corria atrás dela sem nunca a alcançar. Às vezes haviam bilhetes em algumas das árvores, uma pista ou um pedido de resgate. O sonho geralmente terminava com a floresta sendo derrubada, era toda cenográfica, e centenas de pessoas assistindo das arquibancadas. Os telões mostravam o espetáculo patético de perseguição entre casais e davam um *zoom* em alguns dos espectadores. Havia grupos de amigos assistindo, com cartazes e faixas, torcendo por um de nós.

AS COISAS começaram a ficar mais claras quando Karin e as crianças chegaram. A oitava semana que passei na cidade marcou ainda a mudança para uma casa em um condomínio um pouco afastado. Tecnicamente não estava mais em São Paulo, mas poderia chegar ali em menos de meia hora se não houvesse trânsito. Lamentei a ausência de um trem que me conectasse à cidade, mas agradeci o efeito das árvores que rodeavam nossa pequena casa na Granja Viana. A natureza trouxe mais nitidez aos meus pensamentos. Eu andava descalço pelo jardim e às vezes meditava sobre uma pequena pedra achatada ao lado da casa; sentia-me mais próximo do solo, como se o processo de chegada a um novo país fosse gradual: a aterrisagem do voo concluía uma primeira etapa e agora os rostos familiares, o verde e o marrom, iam trazendo-me mais para dentro.

Comecei a pensar na pedra fundamental da casa. Karin a havia lançado sem saber, no momento em que me obrigou a doar o dinheiro. Disse-me que não queria tornar-se a mulher de um milionário e com isso deixou-me apenas duas opções: ela ou a grana. Foi uma semana intensa, eu a havia pedido em casamento alguns dias antes e depois de ter aceitado ela impôs suas condi-

vão livre ◉ *21*

ções. Para ser justo, ela disse que teria algumas condições desde o momento em que disse sim, quando estávamos escalando o monte Vaalserberg. Eu pretendia fazer o pedido quando a trilha atingisse o cume e estivéssemos envoltos em um clima de relaxamento e superação, mas um pouco antes disso ela tropeçou em uma pedra e caiu. Senti tamanha ternura ao vê-la com a calça rasgada, sentada no chão e suja de terra que não me aguentei e fiz o pedido. Ela já havia se recuperado do susto da queda e disse sim, aceito, mas precisamos conversar sobre algumas coisas do futuro. Eu disse que tudo bem, que não teria nada que não pudéssemos conversar e a beijei, postergando as ressalvas que eu imaginava serem de outra ordem.

A ética de Karin com relação ao trabalho era forte, mas não muito diferente de diversos outros amigos e familiares. O trabalho como um dever a ser desempenhado com excelência. A ideia de que se deve gerar excedentes e que estes, por sua vez, devem ser poupados sempre me pareceu lógica, mas a necessidade de guardar para o futuro nunca foi totalmente associada para mim à impossibilidade de usufruir. O futuro antes do presente, tudo bem, mas o presente em um nível de conforto básico eterno? Não sei. Essa era a sua proposta. Doar todo o dinheiro que eu havia conquistado. Para ela, mais importante do que doar era a questão de não sermos ricos. Karin entendeu antes de mim que eu não teria a disciplina para viver com modéstia em posse de uma conta bancária com oito dígitos.

Como desejava também estabilidade, deixou que eu guardasse uma quantidade suficiente de dinheiro para comprarmos uma casa. A partir dessa concessão em um gigante muro de proibições surgiu em mim a ideia de uma casa que fosse um *projeto*, uma casa maior do que suas dimensões espaciais. A ideia veio em um momento em que quase recusei a proposta de Karin. O dinheiro era meu, quem pensava que ela era para me fazer doá-lo? Se me amasse de verdade reconheceria o valor em ter um marido que acumulou setenta e cinco milhões de Euros aos trinta e quatro anos de idade. A raiva dominou-me quieto por dias. A conquista daquele dinheiro havia definido minha identidade, eu era tranquilo e seguro porque dispunha de um lastro. Eu pensava em um brinquedo que tive, um passarinho com suas asas abertas, que se equilibrava a partir de seu bico em qualquer ponto. Cada asa continha um pequeno peso em seu interior, concentrando o centro de apoio de todo o passarinho em um único e pequeno ponto. Mexer em uma das asas desestabilizaria o pássaro.

Ao final aceitei a proposta argumentando para mim mesmo que o projeto da casa era uma resposta à altura. Uma brecha que permitia usufruir do que era meu sem perder a mulher que eu amava. A casa era um denominador comum a partir do qual poderíamos conversar e um pequeno ponto que eu poderia explorar e desenvolver para que envolvesse a totalidade de nossas vidas.

Karin apenas pediu que eu concordasse. Sabe que sou mencionado anualmente no boletim de uma ONG ambientalista internacional pela minha imensa generosidade, mas nunca soube exatamente o valor que doei e o que reservei para a nossa casa. Nunca pediu um recibo, o que seria ultrajante e sempre acreditou, sem que eu negasse, que por casa eu entendesse um lar em um bairro de classe média com uma a duas salas, cozinha e talvez uma copa, quartos para até três crianças e um para nós. Um pequeno jardim seria um luxo aceitável. Ela não havia conectado meu crescente desejo de mudança para um outro país aos recursos alocados para a casa.

O *projeto casa,* como eu chamava para mim mesmo, era uma aventura. Um caminho para explorar os limites físicos do mundo, a possibilidade de ir a qualquer canto e lá fincar raízes. A ideia de construir uma casa, o espaço íntimo por excelência, em uma terra estranha. De criar um lar em um solo hostil. Havia calor e frio, o desejo de sentir a brisa do novo e o acolhimento quente do lar, e energias masculinas e femininas. Construir uma casa juntos era ainda uma busca por desvendar os mistérios de Karin; entender o que emana do conjunto, da obra acabada, a partir da sua constituição, de suas partes. Como se eu pudesse deitá-la nua sobre uma mesa e observar cada parte do seu corpo, os poros, cada pelo nascendo, o espaço entre os dedos. Construir juntos era um ato de intimidade extrema.

ROTTERDAM HAVIA sido completamente destruída pelos nazistas. Os bombardeios puseram abaixo praticamente todas as edificações na região central. Duraram apenas cinco dias, mas foram suficientes para levar à rendição do país e definir a profissão dos meus pais. A infância de ambos acompanhou o período de reconstrução da cidade e seus corpos cresceram junto com os edifícios. A impressão profunda da potência da arquitetura os acompanhou durante toda a vida adulta.

Quando sentiram que haviam completado sua missão em Rotterdam, repleta de edifícios novos e modernos, decidiram reconstruir outras cidades. Passei minha infância na Indonésia, em uma casa quente e repleta de livros de arquitetura. Um idealismo pós-colonial consumia quase todo o ânimo de ambos. Por um lado, eu odiava as folhas finas de papel, as pranchetas e réguas paralelas, que me privavam do tempo com meus pais; mas por outro, aquele universo exercia um fascínio genuíno em mim. Como era difícil conseguir livros infantis em holandês, fui literalmente alfabetizado com publicações de arquitetura.

Quando decidi revelar o *projeto casa* para Karin, vi a parede de uma igreja japonesa. O concreto gelado e um recorte ao fun-

vão livre • 25

do em forma de cruz; toda a luz do ambiente provinha de dois traços perpendiculares cavados em uma das paredes. A força simples de um lugar a ser alcançado. Compartilhar minha ideia com Karin significava unir duas histórias que até aquele momento caminhavam separadamente. Eu mencionava com alguma frequência um desejo difuso de viver em outro país. Em meu balanço subjetivo a infância fora da Europa havia trazido infinitamente mais ganhos do que perdas. Fosse por um desejo de que nossas filhas tivessem uma experiência semelhante ou movido por um impulso de reproduzir a história dos meus pais, a verdade é que havia alguma coisa me dizendo que esse era o caminho correto. Essa ideia vaga que com a qual eu convivera por anos juntava-se agora a um desejo de construir uma casa. Quando eu pensava em viver fora eu nunca falava e tampouco imaginava um país concreto, muito menos uma casa. Era apenas um impulso exploratório centrífugo. A perspectiva de adquirir um pedaço de terra, erguer paredes e instalar caixilhos e torneiras só havia surgido com a interdição de Karin. Olhando em retrospecto, dada a minha história familiar, parecia-me surpreendente que os dois caminhos nunca houvessem se cruzado. Se o desejo de viver fora da Holanda era uma vontade cavernosa que rolava dentro de túneis escuros e profundos, a perspectiva de construir uma casa era sua porta de saída.

Em um fim de dia agradável propus a Karin que tomássemos um vinho na varanda. As crianças haviam saído para um passeio com os avós e algumas estrelas começavam a aparecer. Introduzi a conversa perguntando a ela como sentia que nossa vida estava. Karin olhou para cima, deu um gole de vinho e então respondeu:

"Bem, eu acho. Em geral acho que as coisas estão bem. Sinto que grande parte do meu tempo é gasto com as meninas e sinto falta de realmente trabalhar, mas talvez não tenha muito jeito nessa fase." Era tudo o que ela diria. Olhou por cima da taça enquanto dava mais um gole no vinho, como que me questionando pelo motivo da pergunta.

"Queria saber. Andei pensando um pouco em algumas coisas. Acho que se quisermos levar aquele plano adiante de viver fora esse é o momento. As meninas ainda são pequenas, podem aprender facilmente uma nova língua, mas não são tão pequenas e não vão esquecer o holandês." Vi as sobrancelhas dela se movendo: a confirmação de que minha pergunta inicial não havia sido gratuita.

"Esse plano nunca foi nosso. Era uma ideia sua." Ela continuou. "Só para deixar isso claro. Mas concordo que se não formos agora é pouco provável que a gente vá no futuro, com elas maiores, os dois trabalhando."

"Sim, por isso." Eu respondi. Pensei se a ideia de que poderíamos ter alguém em algum lugar mais barato que cuidasse integralmente das meninas, deixando assim mais tempo para ela, era um bom um argumento. Era arriscado, não sabia como ela reagiria e não queria interromper um início de conversa não totalmente resistente. "Para as meninas será uma experiência multicultural riquíssima" conclui.

"Talvez seja, depende do lugar."

"Pensei em alguns. Acho que o Brasil seria uma boa escolha. Poderia ser inspirador para a sua produção e pra mim também seria um mercado menos competitivo para iniciar um novo negócio."

Karin já não estava mais reagindo e apenas balançava a cabeça indicando que ouvia vagamente o que eu dizia. Deixei que sua indiferença dominasse a conversa; meu objetivo até aquele momento não era maior do que apenas introduzir o assunto. Algum tempo ainda seria necessário para que a ideia se tornasse uma possibilidade concreta. Imaginava que eu havia lançado uma gota que passaria por todo um complexo e misterioso filtro na mente de Karin: a transposição de uma porção de areia, uma camada de carvão, de brita e cascalho. Um processo lento e obscuro que sempre retinha pedaços da matéria prima original. De qualquer forma, eu tinha ainda uma carta na manga, um argumento mais duro que eu pretendia usar se fosse necessário: por direito, era a minha vez de escolher o nosso destino. Se ela havia escolhido nossa classe social, eu escolheria o país em que viveríamos.

KARIN ERA uma pessoa forte. Seus pais eram fazendeiros, assim como seus avós e as outras três gerações que vieram antes deles e representavam o horizonte histórico de conhecimento da família. Até onde se sabia, todos haviam sido agricultores e ela a primeira a ir para uma faculdade. A natureza sempre havia sido um elemento importante e mesmo depois de passados longos anos desde sua partida da fazenda, alegrava-se mais com o início da primavera do que com as festas de fim de ano. Um vocabulário específico para plantas e animais e menções à topografia e ao clima poderiam ainda constituir a essência de um raciocínio abstrato sobre qualquer tema.

Eu considerava a mim mesmo um homem pragmático. Sempre desenhei uma estratégia para atingir os meus objetivos e, mesmo que não ficasse totalmente confortável com o desenrolar da estratégia o que importava era alcançar o alvo. Essa era uma convicção que disputava lugar com uma narrativa alternativa: eu era um covarde. Diante de Karin as duas linhas de autoanalise entravam constantemente em conflito. Eu sabia que ela era teimosa e confrontá-la nunca levaria a um resultado favorável. Por outro lado, meu medo constante em contrariar de frente suas ideias não era simplesmente covardia?

vão livre ● *29*

Passados alguns dias sem que ela tivesse trazido outra vez o assunto, resolvi insistir. Comprei um livro grande de capa dura com fotos do Brasil. Mostrei a ela em um dia na sala quando as meninas já estavam dormindo. Ganhar as crianças com as fotos seria fácil, mas também uma potencial armadilha. Karin certamente reagiria mal. Olhamos os dois para as praias no Nordeste, os morros do Rio de Janeiro, Cataratas do Iguaçu e outros cartões postais, imaginando-nos vivendo em um daqueles cenários.

Reconheci em uma foto de página dupla o Museu de Arte de São Paulo. A dureza do concreto e o vermelho das colunas que emolduram o bloco central. O olhar percorreu a vista, a passagem, o fluxo preservado pelo imenso vão livre: a suspensão do edifício envidraçado em uma ficção de leveza. O edifício com seus mais de setenta metros de vão, de concreto sem apoio.

A imagem do Masp era uma memória antiga quase esquecida. Correspondia a uma espécie de ideal inconsciente e nunca realizado dos meus pais. Quando falavam no edifício seus olhos brilhavam um pouco tristes. O prédio representava tudo o que um casal de arquitetos europeus poderia querer construir no estrangeiro. Queriam, como a arquiteta italiana do Masp, radicar-se em um país distante e gritar por liberdade. Erguer uma obra brutal e leve, com oito metros de suspensão, um espaço simbólico de resistência a ditadores como Costa e Silva e Suharto. Os arquitetos modernistas haviam separado o que antes andava junto: a vedação e a estrutura. Antes deles, o que dava contorno às construções e o que as sustentavam era um único elemento, as paredes. Com o advento da estrutura de concreto as coisas se separam e abriram caminho para o traço solto. A liberdade era a base da nova arquitetura e deveria também ser seu grande propósito.

A partir da lembrança das colunas vermelhas e do imenso vão livre, a força que me impulsionava ganhou nova dimensão: deixou de ser unicamente direcionada para fora, à saída, e ganhou um sentido. No início havia uma poça de água, um acúmulo de matéria orgânica boiando na superfície rasa. Uma descarga elétrica transformou então aquele bolo disperso em uma forma simples de vida. O vão livre correspondia a um leve declive ou um mágico propulsor que dava origem a um tranquilo movimento da água em uma direção específica.

A imagem de uma obra construída pelo homem deve também ter ajudado a crescer alguma coisa em Karin. Não era mais, como as centenas de páginas anteriores do livro, uma sequência de belezas naturais, criadas por uma divindade ou por longos processos geológicos de erosão e sedimentação. Eram braços e mãos, ideias e esforço que haviam construído um símbolo de liberdade.

Combinamos que deixaríamos a conversa em suspenso por algum tempo. A imagem de suspensão sempre havia sido acompanhada de uma sensação de leveza e alívio para mim. A possibilidade de deixar que um objeto demasiadamente quente ou molhado descansasse e atingisse outra vez o seu ponto de equilíbrio de temperatura e umidade era reconfortante. O simples contato com o ar, o refresco contínuo da brisa, acabaria por restaurar as condições físicas corretas. Contudo, desde que havíamos acidentalmente assistido a um espetáculo de suspensão corporal, em que homens e mulheres prendiam-se ao teto por meio de ganchos e cordas fixadas em suas costas, a palavra ocupava um lugar ambíguo em minha imaginação. A tranquilidade morna associada ao repouso suspenso de uma ideia passara a conviver com a ansiedade da iminente ruptura dos tecidos. A lembrança da pele esticada até o limite deixava-me menos confiante quanto ao processo de maturação dos nossos planos. Em um gesto que me acalmou, imprimi uma foto do Masp e fixei com um velho imã à geladeira.

COM QUARENTA e oito minutos de atraso em um domingo quente o avião com capacidade para cento e cinquenta passageiros pousou no aeroporto de Santarém.

"Não, vamos direto para a floresta" eu disse para Marlijn "podemos tomar um sorvete mais tarde."

Karin e as crianças estavam um pouco moles pelo calor. A temperatura de São Paulo tinha um efeito sobre elas parecido com o verão da Europa. O sangue fluía mais depressa e queríamos sair para as ruas, sentir o sol esquentar nosso rosto. Na Amazônia, contudo, o calor excedia um limite e sentíamos o corpo fraco. Eu queria sentir a vida da Amazônia, esse era o motivo da viagem, mas imaginava meus ossos porosos, a energia evaporava do corpo.

Havíamos passado os primeiros meses em nossa recém alugada casa no subúrbio de São Paulo. Karin havia chegado com as crianças no início de julho, quando as aulas terminaram e o período de férias de verão europeu começava. Marlijn e Lies haviam feito um semestre de aula particular de português ainda em Amsterdam e nosso plano era colocá-las em uma escola regular. Apesar de uma escola internacional ser um lugar de mais fácil adaptação, preferíamos que elas entrassem profundamente na realidade brasileira. Elas falavam um pouco de inglês e sabia que as escolas internacionais tinham diversos estudantes holandeses, mas não via muito sentido em sair da Holanda para matriculá--las em uma escola internacional. As aulas nas escolas brasileiras iniciariam-se somente no ano seguinte, então teríamos um período de sete meses, entre julho e janeiro, para aclimatá-las.

Elas teriam aulas de português diariamente e dessa vez com um professor brasileiro. Na Holanda acabamos contratando um professor de Lisboa e as diferenças no sotaque estavam confundindo as meninas. Além da língua, eu queria proporcionar um período único de vivência. Nunca tínhamos tido antes e provavelmente não voltaríamos a ter um período em que nós quatro estivéssemos inteiramente desocupados de nossas rotinas. Estávamos também, em certa medida, em um mesmo nível de vulnerabilidade. Envoltos em um imenso campo desconhecido e precisando um dos amparos do outro.

Teríamos um semestre de imersão, o que, da minha perspectiva, era o início do *projeto casa*. A criação de um entendimento mínimo e familiarmente compartilhado do que era aquele país e do que precisaríamos para fazer crescer nossas raízes. Quando planejamos a mudança e o tempo de transição necessário Karin questionou nossa capacidade financeira. Teríamos dinheiro para tudo aquilo? Tentei desconversar enquanto pude, até que ela me colocou contra a parede.

"Marlijn, não corra dentro da loja, pode quebrar alguma coisa. Vá chamar a mamãe para a gente escolher uma rede."

Havíamos saído do aeroporto de Santarém e ido para Alter do Chão, nossa última parada antes de entrar na Floresta Nacional do Tapajós. Nosso próximo quarto de hotel consistia em uma grande superfície de madeira sobre palafitas, sem teto ou parede à beira de um rio. Deveríamos levar nossas próprias redes que serviriam de cama.

"Pelo visto aqui é a seção de redes da loja. Acho que vou pegar essa pra mim, parece resistente." Eu disse para Karin, apontando para uma rede branca e preta.

"Acho que vou pegar aquela bordada. Tem redes também para crianças?"

"Não sei, mas acho que não. Olha, uma rede para casal!" Eu disse aproximando-me de uma foto de uma grande rede que se parecia com uma cobra depois de engolido um animal. A cabeça do homem estava ao lado dos pés da mulher. Pensei que não deveria ser muito confortável dormir dessa maneira. Ou de qualquer outra, mas a ideia de se aventurar fora minha e não poderia voltar atrás.

"Se existe para casal, deve ter para crianças. Vou dar uma olhada. Acho que elas gostariam de encontrar uma rede do tamanho delas."

Karin voltou com as meninas e ficamos os quatro olhando uma infinidade de redes. Eu já sabia um pouco de português e achei curioso que usassem a mesma palavra para se referir à veículos de comunicação e um objeto tecido: tudo era uma rede. Fazia sentido. As meninas adoraram os outros objetos indígenas na loja. Os colares e brincos, os arco e flechas e Karin passou um grande tempo olhando as joias e tecidos.

Uma vendedora se aproximou e começou a nos contar as histórias por trás de cada uma das etnias que fabricavam aqueles objetos. Quando as crianças chegaram mais perto para ouvir, ela passou a contar sobre a origem do nome Amazônia. Os espanhóis ao chegarem na região teriam visto guerreiras mulheres, chamando a região de Amazonas, em referência às amazonas da mitologia grega. Contou ainda, que em outra versão, os guerreiros eram homens de cabelos compridos, que foram confundidos com mulheres pelos europeus.

A viagem à Amazônia era um momento importante da nossa imersão. A natureza e a diversidade ocupavam lugares centrais na razão pela qual havíamos eleito o Brasil como destino. Eu tinha ainda expectativa de que diante da imensidão da floresta alcançássemos certa tranquilidade, suficiente para neutralizar a imensa cacofonia que envolvia a chegada a um novo lugar. Às vezes imaginava-me como um pequeno inseto pousado sobre a superfície de um lago diante de uma tempestade. Minhas pequenas patas, inicialmente estáticas sobre a película externa da água, tinham seu equilíbrio perturbado sob o efeito ondulante dos pingos da chuva. Como uma pessoa perdida em uma rua movimentada, sentia-me olhando de um lado para o outro sem conseguir reconhecer o entorno e apreendendo apenas os elementos mais chamativos da paisagem: o logo colorido de uma cadeia de *fast food*, a sinalização de trânsito piscando, o cheiro de fritura e fuligem e o ruído indistinto de carros e britadeiras. Sem conseguir distinguir nada de significativo diante de uma profusão de ondas sonoras e cromáticas, projetava uma expectativa de lucidez silenciosa no coração da selva. Como se por algum motivo misterioso, aquele cenário pudesse levar o meu olhar para uma próxima fase; um marco a partir do qual eu conseguiria enxergar o Brasil além dos estereótipos.

CHEGAMOS DE BARCO ao meio da floresta. Pequenos fluxos de água se perdiam em meio às raízes aéreas das árvores e um imenso rio formava praias de areia que logo davam lugar a troncos centenários. Até onde eu conseguia ver só haviam copas verdes e cheias, interrompidas apenas por rios de águas escuras. A combinação de uma floresta densa e praias criava um cenário tão bonito que era difícil crer. Karin soltou um *uau* involuntário depois de uma curva do barco e mais uma paisagem se revelar.

Deixamos nossas coisas no hotel – cujo quarto era exatamente o que as fotos prometiam: uma plataforma suspensa de madeira sem telhado e com uma pia – e deitamos os quatro na praia. Braços e pernas abertos como fazíamos no inverno para desenhar anjos na neve. Mas ao invés de estarmos protegidos por diversas camadas de casacos, estávamos praticamente nus. Absorvíamos o calor em um relaxamento total. Senti como se o calor pudesse alimentar até as minhas necessidades mais subjetivas e íntimas.

Devo ter adormecido e quando olhei para o lado não vi as meninas. Karin também estava dormindo e a chacoalhei assustado. "Você viu Marlijn e Lies?" Perguntei tirando os óculos es-

vão livre ● *37*

curos. "Não", ela respondeu assustada. Olhei ao redor, forcei a vista mas não consegui ver nada se movendo. Nenhuma pessoa para perguntar se havia visto nossas filhas.

Desesperado mergulhei no rio, nadei procurando por bolhas de respiração que pudessem surgir à superfície em um último suspiro de uma delas. Nada.

Karin havia ido buscar a dona do hotel que disse não ter visto nenhuma delas. Ficamos em pânico, nos dividimos e fomos cada um para um lado, desesperados com os milhares de quilômetros quadrados de mata fechada e rios, animais e plantas desconhecidos. Como podíamos ter dormido os dois e as deixado sozinhas?

Estava encharcado e correndo muito além dos meus limites na primeira trilha que encontrei. Eu não faria ideia de como voltar uma vez que a cada bifurcação eu simplesmente tomava um caminho aleatório que por qualquer motivo eu achasse que poderia atrair mais uma criança. Será que elas sairiam por aí andando? Não teriam medo da floresta? E se já tivessem afogadas no fundo do rio ou sequestradas por uma gangue de nativos?

Cheguei a um novo rio e o que teria sido uma vista incrível há algumas poucas horas transformava-se em uma visão desesperadora. Nada, ninguém. Elas poderiam ter ido para qualquer lado e ninguém teria visto. Talvez exista um serviço de resgate, pensei. Um número de emergência para ligar nessas situações. Eu já devia ter percorrido uma distância muito superior ao que as duas seriam capazes de caminhar.

Corri por todos os caminhos que pude encontrar e em algum momento, sem que eu percebesse havia voltado para o hotel. Eu devia estar exausto, mas não sentia. Karin estava na praia gritando o nome das meninas, indo de um lado para outro. Fui até lá e soube que ela havia ligado para o resgate, mas que precisavam de vinte e quatro horas de desaparecimento para fazer qualquer coisa. Como se duas crianças, com cinco e sete anos, criadas em uma grande cidade pudessem sobreviver todo esse tempo sozinhas em uma floresta. Não havia nada que pudéssemos fazer, além de correr por todos os cantos tentando encontrá-las. Mas as possibilidades eram infinitas. Cada rio, cada trilha e estrada. Poderiam já estar mortas. Karin começou a me xingar. Que merda de ideia era aquela? Levar nossas filhas para a floresta no meio do Brasil. Era tudo culpa minha. Ela me odiava.

Imaginei o que seria perdê-las. Voltar para Amsterdam, Karin e eu. Ela nunca me perdoaria. Enterrar aqueles pequenos corpos, se fossem encontrados, em um cemitério na Holanda. Meus pais olhando para nós com tristeza e desprezo. Que vida poderíamos ter? Saí da praia e deixei Karin. Ela não me queria por perto e eu tampouco queria envolver-me em acusações. Segui caminhando para o lado oposto, comecei a correr e encontrei uma cabana.

Entrei para perguntar se haviam visto duas meninas. Não havia ninguém no primeiro cômodo, fui andando na penumbra e cheguei a uma cozinha esfumaçada onde vi as duas. Uma abraçada a outra, sentadas em um banquinho no canto. Meu coração disparou e caí em lágrimas. Todo o meu corpo se arrepiou e caí de joelhos. Olhei para cima e as duas vieram me abraçar. As segurei entre meus braços com todas as forças que tinha. Olhei para as duas sob o meu corpo, sobre o chão de terra. Eu não conseguia parar de chorar. Puta merda, puta merda, e as enchia de beijos. Eu poderia ter morrido ali sem reclamar. Elas estavam vivas e eu não precisava fazer mais nada no mundo. Era só isso. Elas, o chão de terra batida e eu.

vão livre • *39*

Deitamos os quatro cada um em sua rede. Eu não conseguia dormir e fui tomar um banho de rio. Não havia luz alguma e a água diferenciava-se do ar e da terra apenas por sua temperatura. Voltei ainda molhado e deitei-me outra vez. Eu estava no escuro absoluto da noite, úmido e deitado em uma rede. Não conseguia ver qualquer estrela ou planeta. Tudo era denso. Estava aninhado em posição fetal, molhado de uma substância pastosa e quente no coração de um continente desconhecido.

A REUNIÃO ESTAVA marcada para às dez horas e cheguei cinco minutos antes. A recepção era toda envidraçada, com uma visão panorâmica da cidade; o prédio redondo, com vista para uma área arborizada. Arthur recebeu-me com dez minutos de atraso e se desculpou: havia resolvido dar uma carona para a filha, eram os últimos meses dela antes do casamento e estava mimando-a como podia. Ele tinha o cabelo grisalho e um espesso bigode, amarelado pelo fumo. Vestia uma camisa branca e óculos tartaruga. Puxou uma folha sulfite de uma pilha a sua frente, tirou uma lapiseira de ponta grossa do bolso e me olhou nos olhos, enquanto estendia uma das mãos para que se aproximasse do meu pulso. "Qual o seu sonho?" ele me perguntou.

Arthur era um arquiteto conhecido e premiado. Segundo o amigo que o indicou, um dos poucos que realmente o ouvia, que estava ali para projetar a sua casa e não mais um item de seu portfolio.

Eu respondi que queria uma casa aberta, sem muitas paredes e vista para a natureza. Um lugar onde ser livre. Arthur começou a rabiscar na folha depois que ouviu minhas primeiras palavras e senti-me culpado por iniciar o processo sem Karin. "Muito

vão livre ◗ *41*

bem" ele disse, "e você já tem um terreno em mente?" "Ainda não", respondi. "Estou buscando, queria um lugar com bastante verde, mas não muito longe de São Paulo". Ele conduzia de forma leve e eficiente o momento e me dei conta de que meu incômodo não era por não ter Karin ali, mas por eu me sentir bem projetando nossa casa sem ela.

"Um lugar para se sentir livre parece um bom sonho", ele retomou. "Qual você diria que é o sonho dos outros habitantes desta casa?" Respondi que não saberia dizer o das meninas, são pequenas: "provavelmente querem um lugar divertido. Marlijn não para de falar nas aves que vimos na Amazônia e talvez gostasse de um lugar para ficar observando os passarinhos. Acho que Karin diria que quer um lugar funcional, sem excessos e prático. Uma preocupação dela também é o calor, ventilação natural é importante."

Arthur ainda me olhou durante alguns segundos depois que terminei de falar; estava se certificando de que era tudo o que eu tinha. "Você já ouviu falar em um livro chamado A Poética do Espaço?" perguntou. Diante de minha resposta negativa, seguiu: "o título é uma tradução livre, não sei qual o nome da publicação em inglês. O autor é um francês e a leitura deve ser mais fluída na sua própria língua. Geralmente sugiro que meus clientes leiam um pouco do livro enquanto começamos o projeto. Adianto que não funciona para todos e alguns preferem começar de forma mais objetiva, trazendo fotos de casas que gostam. O propósito dos dois caminhos é o mesmo: criarmos um conjunto de imagens desse sonho de casa. O livro é uma forma mais demorada e poética; os recortes vão mais direto ao ponto."

Arthur se ajeitou na cadeira e limpou a garganta. "Vou te confessar uma coisa", ele disse, aproximando-se de mim. "Atualmente o momento que mais gosto do trabalho é este. Eu ainda adoro elaborar o projeto, mas essa parte de descobrir o sonho é o que me segura no trabalho. Vou te dar uma sugestão" ele continuou, afastando-se e deixando a cadeira reclinar sob o seu peso, "você senta com a sua mulher, depois do jantar, tomem um vinho e leiam um pouco. Sugiro ainda um livro de papel, estamos falando aqui sobre o que é tátil: vou pedir para minha secretária encomendar um exemplar em holandês e entregar na sua casa. Leiam, conversem, falem com as crianças e combinamos um outro encontro aqui em um mês. Claro que essa é ainda uma conversa inicial e ainda nem formalizamos um acordo, mas vocês fiquem à vontade para depois procurar outro arquiteto se preferirem. Como falei, essa é a parte que realmente gosto, se depois não fecharmos o contrato, paciência."

Senti-me bem com a proposta. Dava-nos um novo recomeço, absolvendo-me da culpa por não ter trazido Karin desde o princípio. A ideia de começar com um sonho pareceu-me adequada e enquanto falava pude sentir-me tocando a liberdade que eu havia imaginado: um pequeno cume gelado.

DEPOIS QUE o livro chegou encarei-o algumas vezes. Decidi então em um fim de tarde preparar o meu Stamppot, acompanhado de suco de uvas orgânicas para as crianças e para nós um bom vinho. Assisti Karin se soltar a partir da segunda taça e iniciamos as primeiras páginas da Poética do Espaço levemente embriagados no sofá da sala.

A introdução era densa e fomos passando. Lendo sem entender completamente, mas alegres com o fluxo, com as palavras que despertavam nossa imaginação e nos deixavam felizes e introspectivos. Na manhã seguinte, surpreendi-me com a posição avançada do marcador de páginas, sem que eu conseguisse me lembrar de uma única passagem. Lembrava apenas do sexo, concentrado e silencioso.

Tínhamos transado apenas uma vez no Brasil; na primeira noite, no que parecia mais uma obrigação pela chegada e o tempo distantes do que o desejo de um de nós. Apenas uma vez eu havia conseguido penetrá-la. Era assim que eu via: um impulso meu em transpor suas barreiras. Envoltos nas palavras poéticas do livro, massageamos nossos corpos tranquilamente e dormimos nus.

vão livre ● *45*

A manhã acordou silenciosa. Internamente minha ansiedade com o projeto havia diminuído. Quando Arthur falara em um mês até o encontro seguinte, soou como uma eternidade, mas agora queria deixar que o tempo passasse. A casa estava tranquila; as meninas na aula de português e Karin sentada de costas, em uma poltrona olhando para fora.

A sala tinha uma parede envidraçada, com vista para as árvores; algumas bem próximas e todas cobertas de musgos. O entorno do terreno era bonito e eu podia passar um bom tempo simplesmente contemplando-o. Contudo, não conseguia neutralizar o incômodo de ser observado. Do outro lado da parede, além das árvores, estavam outras casas do condomínio e em cada uma poderia haver um *voyeur*. Mesmo sem que eu nunca houvesse visto alguém nos analisando, a simples possibilidade me consumia.

Karin não parecia se importar. Ao me ouvir, virou-se com um sorriso discreto. A poltrona tinha as costas altas e eu só via a lateral do seu rosto e um pedaço das mãos. Inconscientemente devo ter colocado a poltrona ali por esse motivo: sentado com as costas inteiramente retas e os pés no chão, era impossível ser observado de dentro de casa. Ao menos não diretamente: o sol da manhã projetava no vidro um leve reflexo dos seios de Karin.

"Sente-se" ela disse, em um tom que destoava da paz de espírito que eu havia inicialmente imaginado. Eu sempre projetava que os momentos e as manhãs seguintes ao sexo eram bons. Pensava que a dificuldade em vencer sua resistência se devia a fatores não diretamente relacionados a nós. Ela havia tido algumas experiências sexuais difíceis no passado e imagino que nunca tenha encontrado nesse lugar um espaço totalmente prazeroso. Contudo, minha tendência era achar que o problema estava em sua percepção anterior ao sexo e que, uma vez alcançado o prazer, o relaxamento se prolongaria. Mais uma vez minha aposta parecia equivocada.

Enquanto descia as escadas, pensei que seria recebido com um beijo; ao ouvir suas instruções para que eu sentasse, que viria uma briga. Fiquei tenso e tentei me lembrar se havia feito alguma coisa que poderia tê-la incomodado. Recapitulei a noite anterior e só conseguia pensar em bons momentos. O suspense durou alguns segundos: o tempo para ela apoiar a xícara na mesa, levantar-se e girar a poltrona para que ficássemos frente a frente.

Olhou-me por algum tempo com uma expressão indecifrável. Ficamos assim por mais alguns segundos até que ela se levantasse e fosse até a cozinha. Ouvi o ruído do fogo sendo acesso e da água escorrendo pela pia. Ela havia simplesmente ido embora? Segui os passos de Karin e a encarei:

"Você queria dizer alguma coisa?"

"Não, queria apenas te olhar."

vão livre ◈ *47*

SEGUNDA PARTE

O CALOR ERA delicioso. Havíamos passado a manhã no barco e a tarde ancorados em uma ilha deserta. As águas mornas e transparentes, o consumo de bebidas liberado, sem qualquer restrição imposta por um adulto. Fiquei surpresa quando meus pais aceitaram que eu fizesse a viagem. Provavelmente só haviam consentido por acreditarem – baseado nas informações fornecidas por mim – que toda a família dele estaria presente. Guus havia pegado o iate do pai e estávamos percorrendo o sul da Europa, acompanhados por dois marinheiros e uma cozinheira. Para a noite do meu aniversário de dezoito anos ele preparou uma surpresa em uma das praias.

A temperatura da água era tão agradável que sugeri que fôssemos nadando. Ao nos aproximarmos, notei uma massa luminosa na areia e quando chegamos mais perto entendi que eram velas, cada cem ou mais formando uma letra: *Karin, feliz aniversário!* O efeito do álcool e o acolhimento do calor devem ter contribuído, mas senti-me pela primeira vez na vida plenamente amada; totalmente preenchida e abraçada pelo mundo.

Ao entrarmos no restaurante, vimos que havia um burburinho e perguntamos o que estava acontecendo. Apontaram-nos uma pequena televisão onde vimos milhares de pessoas pulando e o *replay* incessante de um gol de cabeça. A seleção brasileira, que havia derrotado a Holanda na fase anterior, perdia agora por dois a zero e todos os jogadores corriam em direção à Zinédine Zidane, abraçando-o e beijando sua careca.

Lembrei disso tudo com Marlijn e Lies brincando ao meu lado. Assistia as imagens sem som da televisão em um café do aeroporto de Amsterdam. Alguns lances que haviam marcado a história do futebol europeu, entre eles o gol francês na final da Copa do Mundo.

Aquela seria a última viagem que Guus e eu faríamos juntos e senti-me culpada ao pensar em um antigo namorado com minhas filhas por perto. Em duas horas embarcaríamos em um voo sem escalas para o Brasil, em mais um dos projetos malucos de Kees.

As meninas estavam excitadas com a viagem. Tínhamos comprado camisas e bonés da seleção brasileira e elas os usavam. Duas meninas saltitantes, a pele ainda mais rosada pela animação. Marlijn faria oito anos cinco dias antes de mim, em novembro; e Lies seis, no primeiro dia do inverno. Eu a chamava de princesa do gelo por isso e agora ela teria que se acostumar a celebrar no meio do verão brasileiro.

Olhei para elas por alguns minutos, tentando imaginar o que elas lembrariam no futuro. No que as lembranças vagas da infância se transformariam. Como seria a Holanda para elas se vivessem até a idade adulta no Brasil: um lugar antigo para o qual desejariam voltar, uma espécie de paraíso perdido? Nesse caso, culpariam a nós pela sua perda? Ou talvez associassem aos avós, um país velho, com costumes antiquados do qual prefeririam manter distância? Anunciaram o voo e caminhamos até o portão de embarque.

Olhando o oceano negro por cima das cabecinhas de Marlijn e Lies senti-me pesada. As duas estavam tranquilas, sentadas nos assentos mais próximos da janela enquanto eu procurava não obstruir a passagem no corredor com minhas pernas. A água negra ecoava em mim. Tentei localizar o volume estanque e escuro em meu interior. Olhei para Guus como se fosse um objeto da natureza, uma planta rara a ser contemplada. Deixei que meus olhos corressem o seu corpo e nossa breve vida juntos. Ao olhar para aquele ser de dezoito anos vi a mim mesma. À época, sair com ele era sentir-me livre. Longe da disciplina religiosa de minha família. Olhar-me com os olhos de dezessete era ver-me solta, grande. Eu estava de biquíni, feliz com o meu corpo, molhada e quente.

Aquela imagem, contudo, se desfez muito rapidamente. Ao entrar outra vez em casa, com dezoito anos e minha pequena mochila, a culpa inundou tudo. Nossa casa térrea no inverno mais escuro do mundo. A mudança aconteceu na fração de segundos que levei para atravessar a soleira e meus pais foram incapazes de acompanhar a transição. Viram-me apenas escura e atribuíram minha infelicidade ao descuido dos ricos com o mundo. Encantavam e descartavam, era isso o que pensavam que Guus sempre faria comigo e, ao me verem calada na penumbra, não notaram minhas bochechas vermelhas do sol, mas o momento que sempre previram. Vi isso no olhar deles, mas eles respeitaram minha tristeza e deixarem que me fechasse em meu quarto. Para eles, eu havia aprendido uma importante lição e merecia um descanso para absorve-la.

Lies chamou minha atenção, apontando para o carrinho que passava no corredor com o jantar. Elas adoravam aquele momento e ficavam pensativas sobre o que queriam. Escolheram omelete. Ajudei-as e comer e empilhei as três bandejas de comida na mesinha a minha frente. Elas haviam herdado minha impaciência com os restos da refeição dispostos diante do olhar e a restrições aos movimentos impostos pela abertura da mesa. Libertei-as do incômodo e me recolhi diante dos três copos sujos de suco e dos amontoados de papel alumínio com cheiro de ovo.

Durante toda minha vida adulta olhei para a praia e para a casa escura como dois universos inconciliáveis. Eles coexistiam em mim, sem que eu nunca entendesse como isso acontecia. O calor existia em um espaço longínquo e eu tinha dificuldade em reconhecer que aquela menina aberta e tranquila era eu. Ao mesmo tempo, a escuridão não vinha em uma sequência temporal como agora. Eram duas galáxias há anos-luz de distância.

O olhar dos meus pais penetrou fundo. Como uma rocha que absorve a água salgada do mar. O mundo era assim. Guus nunca entendeu: a viagem tinha sido perfeita e eu não havia demonstrado nenhuma insatisfação. Meu semblante endureceu e passei a ficar cada vez mais tempo fechada no quarto. Eu tinha me aberto totalmente ao mundo e ele havia me fechado.

Kees havia me penetrado de outra forma. Após alguns meses sem que eu saísse do quarto para nada além do que fosse absolutamente essencial meus pais resolveram intervir. Sugeriram que eu fosse a um encontro de jovens *quarks*. Apesar de uma mentalidade religiosa, a expressões deles nessa dimensão restringia-se ao âmbito da cultura e valores. Não frequentávamos cultos e pareceu uma surpresa quando eles me fizeram a sugestão. No verão houve um acampamento e foi quando vi Kees pela primeira vez. Nosso relacionamento sempre foi apoiado pelos meus pais. Consideravam-no excessivamente sonhador, mas em seu julgamento prevalecia a ética de trabalho. Ele havia acabado de fundar uma empresa com dois amigos, trabalhava noventa horas por semana e deixava os cabelos e a barba por fazer.

Kees tinha uma energia para o trabalho que não se aplicava totalmente à vida pessoal, ou pelo menos amorosa; e eu gostava disso. Via seu vigor de longe. Assistia o ímpeto em desenvolver a empresa, vivenciando um calor morno. Ele me conquistou mostrando-me uma luz, localizada a uma distância segura de nós. Era tudo o que eu queria naquele momento. Um calor intenso parecia sufocante. Sentia que meu labirinto, os pequenos dutos no interior do ouvido, estabilizava-se com o frio. O calor excessivo deixava-me tonta. Não passávamos muito tempo juntos e mantínhamos um relacionamento estável.

Ouvi um chiado de microfone e vi as telas ao lado congelarem. O aeroporto internacional de São Paulo estava próximo. Quando eram bebês, as meninas sempre choravam na aterrisagem. Não saberiam nem mesmo agora verbalizar plenamente o desconforto que sentiam, mas em algum momento passaram a apontar para a orelha dizendo que doía. Kees as ensinou a tapar o nariz e forçar a saída do ar e eu insistia que elas bocejassem

vão livre ◉ 55

para destampar os ouvidos. Elas associavam cada um dos métodos a um de nós. Enquanto o avião tocava a pista, eu olhava para as duas abrindo e fechando suas boquinhas.

HAVIA MOMENTOS em que eu conseguia penetrar totalmente no universo delas, em que meus pensamentos anteriores desapareciam como o balão de uma história em quadrinhos. Puf! Evaporavam as outras preocupações e me sentia totalmente presente com as meninas. Eu estava ali, para protegê-las e brincar. Era totalmente delas e só isso importava.

Era assim que eu me sentia depois que elas deixaram as coisas nos quartos e nos encontramos para tomar um café da manhã reforçado na sala. Kees tinha comprado de tudo para a nossa chegada e arrumado a casa. Era visível o esforço para que nos sentíssemos bem em nosso novo lar em São Paulo.

Eu imaginava que Kees ao olhar para as meninas sentisse ternura, que faria tudo o que pudesse para protegê-las se fosse necessário, mas que na ausência de uma situação real de perigo nenhum esforço adicional seria necessário. Não procurava interagir com elas, ouvi-las ou brincar. Essa ausência afetiva me perturbava. Quando era criança, eu me perguntava literalmente todos os dias se meu pai me amava. Não queria que Marlijn e Lies tivessem que se perguntar isso, ainda mais quando a resposta, vista pelo ponto de vista de um adulto, era óbvia. Ele falava nelas quando conversava comigo, mas as ignorava em sua presença.

vão livre • 57

Assumi inconscientemente por um período que o amor fosse uma matéria produzida em doses limitadas por nossos corpos, que feito qualquer substância física era estático e esgotável. Procurei atrair a mínima quantidade possível dessa substância, inferindo que a parte poupada seria direcionada às nossas filhas. Elas seriam mais amadas se eu fosse menos. Esfriei-me. Meu corpo efetivamente passou a produzir menos calor e fluídos, tudo ficou mais dolorido, sem que Marlijn e Lies recebessem qualquer demonstração adicional de afeto.

Com o tempo, dei-me conta que muitas vezes o oposto era verdadeiro. Meu calor multiplicava a afeição de Kees pela família, o que se traduzia em mais atenção às meninas. Aquela manhã era um exemplo de um crescimento exponencial do amor. Contudo, isso não era algo que eu pudesse racionalmente controlar. Por mais que tentasse ampliar meu afeto, o que eu sentia em relação à Kees era muitas vezes contraditório.

A mesa estava cheia: mirtilos, framboesa, croissants, ovo, salsicha, os cereais das meninas. Elas estavam felizes com a mesa farta e o calor; havíamos passado do verão para o inverno sem que elas percebessem. Eu ainda ficava um pouco fascinada com a velocidade das mudanças, como se podia enganar as estações do ano com um voo de dez horas. Era possível viver sempre no verão se assim quisesse. As meninas contaram sobre a viagem, de um senhor na nossa frente que não parava de roncar e de uma aeromoça que era linda, *como uma princesa*. Kees parecia ouvi-las, reagindo com perguntas.

O café da manhã teve um efeito relaxante sobre mim. Kees nos mostrou um disco que estava gostando de ouvir, de um cantor brasileiro que eu já havia ouvido falar. Começamos ouvindo uma música chamada *boas vindas;* uma primeira vez enquanto nos servíamos e uma segunda já comendo, com Kees tentando traduzir a letra e as meninas interrompendo-o com correções e risadas: *Sua mãe e eu/ Seu irmão e eu/ Lhe damos as boas-vindas/ Boas-vindas, boas-vindas/ Venha conhecer a vida/ Eu digo que ela é gostosa/ Tem o sol e tem a lua/ Tem o medo e tem a rosa/ Eu digo que ela é gostosa/ Tem a noite e tem o dia/ A poesia e tem a prosa.*

O sol cobria toda a sala e senti-me leve, observando toda a cena à distância. A sonoridade das palavras percorria o meu corpo e meus olhos marejaram. Os três cantavam juntos alguns trechos, uma risadinha tão gostosa de Marlijn, plena de satisfação. As meninas e Kees tinham agora um elo que não existia horas atrás. Diferentemente de mim, eles falavam um pouco de português e a língua os unia. Aventuravam-se com os novos sons enquanto eu podia apenas assistir.

vão livre • *59*

AO FINAL DO café da manhã senti enjoo e fui ao banheiro. Depois que o vômito havia cessado, olhei-me por alguns segundos no espelho. Fazia tempo que não prendia o cabelo e minhas orelhas me chamaram a atenção. No começo da adolescência achava-as grandes demais, mas tinha me esquecido completamente desse incômodo e elas permaneceram ali, escondidas durante décadas por detrás dos cachos.

Voltei à imagem do labirinto que sempre me fascinava: aquela minúscula cavidade – depois de passados os ossinhos dos ouvidos – por onde flui o líquido responsável por nosso senso de equilíbrio. Eu havia desenvolvido uma coleção de joias com esse tema há alguns anos. As pequenas peças de metal desenhavam curvas acentuadas por onde vagavam pedrinhas brilhantes imersas em um líquido transparente. Gostava da imagem do líquido dentro do sólido, os dois estados da matéria necessários para definir nossos parâmetros com relação às três dimensões. A ideia de que o fluído dentro de túneis, o espaço cego e escuro no interior de nossas cabeças, é capaz de guiar nossa navegação a céu aberto. O enjoo só podia ser o desencontro entre interno e externo.

vão livre • *61*

Sentia que aquilo poderia se prolongar por dias, meses, a noção de que meu espaço era agora outro. O enjoo não era resultado de uma comida estragada ou o prenúncio de uma gravidez, era sim a reação a uma mudança profunda no espaço. Girar em círculos no jardim com as meninas poderia deixar-me com náuseas por alguns minutos; subir a serra para passar as férias, por algumas horas, mas mudar de país... eu não saberia dizer. O meu espaço de existência mudava e era o labirinto, o lugar onde as coisas se perdem, quem me mostrava isso com toda a clareza. Seu quarto, sua casa, as árvores, montanhas, o mar, o céu, tudo o que contornou sua existência durante a sua vida será outro, ele dizia. Toda a noção de espaço que adquiriu durante as últimas décadas será agora uma referência vaga. A mudança radical em latitude e longitude, os parâmetros físicos e naturais irão repercutir no líquido interno, pequenas ondinhas irão alterar a imensidão do horizonte e serão convertidas em uma desorientação profunda.

Kees bateu na porta preocupado, "tudo bem por aí", perguntou. "Sim, tudo, já vou sair", respondi. Liguei a torneira e joguei água fria na cara. Massageei o rosto por alguns segundos, sentindo a água gelada esquentando no contato com o corpo. Ouvi o ruído que deveria ser nossa nova campainha tocando. Será que algum vizinho simpático dando boas vindas? Saí do banheiro e vi Kees abrindo a porta para uma senhora negra. Ele nos apresentou: eu a esposa, Maria a faxineira.

Ele havia usado a palavra faxineira deliberadamente. Quis que eu a pensasse como uma profissional esporádica e com atribuições que eu considerasse toleráveis. Não havíamos conversado nada a respeito, mas senti-me aliviada por não ter que pensar em quem lavaria todos aqueles pratos do café da manhã, imaginei que esse era o motivo dela estar ali. Subi com as meninas e as ajudei a se trocarem. Já tínhamos conhecido a casa e agora poderíamos dar uma volta no bairro. Procurei deixar o enjoo em suspenso: sabia de sua existência, mas por antever uma convivência prolongada, tentei me acostumar, mantendo-o em uma região nublada e distante do corpo e da consciência. Teríamos em breve um lar e minhas referências espaciais outra vez se constituiriam.

Andamos pelas ruas de pedras, as meninas correndo um pouco a frente e Kees cumprimentando um ou outro vizinho com quem já conversara.

"Como foi o acordo que você fez com Maria?" Perguntei, procurando olhá-lo nos olhos. Enquanto caminhávamos, o alívio momentâneo por livrar-me da louça deu lugar ao sentimento original relacionado à faxineira. Kees sabia tratar-se de uma conversa delicada e tentaria escapar.

"É comum as pessoas por aqui terem empregadas, que vêm todos os dias ou até dormem em casa." Esforçando-se para que eu simpatizasse com sua causa, tentou ainda introduzir um comentário irônico. "Dormem em casa? Em que século estamos?"

"Pois é... Mas e o que vocês combinaram?" Ele me olhou, procurando confirmar se a leitura que havia feito de meu estado de ânimo pelo tom de voz correspondia a minha expressão.

"Com duas crianças pequenas o dia inteiro em casa, achei que seria bom ter alguém para nos ajudar."

As meninas escolhiam o caminho por nós, seguindo um gato ou um passarinho que cruzasse o seu caminho. Meu corpo havia passado de uma espécie de transe durante o voo para um relaxamento quase completo durante a manhã. O enjoo e a ideia de alguém trabalhando integralmente para nós, dentro de casa, combinaram-se. Eu estava exausta. Não tinha energia para extrair de Kees o que ele não queria dizer.

vão livre • *63*

"Tudo bem. Seja lá o que combinaram depois você me conta. Não estou sentindo-me muito bem. Você pode levar as meninas de volta para casa?"

ALGUNS UNIVERSOS são impenetráveis. Lembro-me de despertar na Inglaterra, em um alojamento no interior, sentir o cheiro da terra, da umidade que subia pelo piso. Imaginar os tons marrons e verdes misturados, o musgo e o solo, e lembrar dos dias anteriores. Os dias naquele acampamento afastado da cidade e mesmo o período em Londres. Apesar de não ter passado mais do que quinze dias naquele país, eu poderia ter ficado lá toda a minha vida sem realmente *ser* de lá. O acampamento quark, organizado para que conhecêssemos as origens da nossa religião, havia sido minha experiência internacional mais profunda e em minha memória tinha o aspecto de uma trincheira: constituía um espaço de ruptura, a impossibilidade em se transpor uma fronteira.

Havia sido nossa primeira viagem juntos. Kees havia colorido aquelas memórias de tantas maneiras que eu tinha dificuldade em lembrar-me por conta própria. Ao despertar pela primeira vez em São Paulo foi essa a lembrança que tive: o cheiro nu da terra. Devia ter chovido na noite anterior e o ar ainda estava fresco. O quarto estava totalmente escuro e era impossível saber que horas eram. Imaginei algumas vezes as meninas chegando e abrindo nossa porta.

vão livre ◆ *65*

Espiei pela fresta e vi as duas ainda dormindo. Desci as escadas e deparai-me com Maria limpando a cozinha. Espantei-me com a cena, não esperava mais ninguém em casa; ela provavelmente já tinha as chaves. Dei bom dia, procurando não demonstrar qualquer sentimento. Esquentei água para o chá e sentei-me em uma poltrona na sala.

A ideia de passar anos fora da Holanda assustava-me. O que me movia não era o desejo de estar em outro país, mas um senso de justiça com Kees. Uma noção que era importante para manter a estabilidade em nosso casamento e um espaço emocionalmente confortável para as meninas. Eu sabia que tinha exigido muito dele ao fazer com que doasse todo o dinheiro da venda da empresa. Sabia que era uma exigência dura e com um impacto eterno sobre o nosso relacionamento, mas eu precisava fazer aquilo. Via com clareza um futuro com muito dinheiro e eu não gostava.

Ceder ao desejo de mudarmos de país era uma maneira de compensá-lo; eu devia um grande desejo a ele. Era difícil acostumar-me com a ideia, mas assim como eu soube que a atitude certa era doar o dinheiro, eu sabia que o certo era vir para o Brasil. Eu poderia enganar-me com dezenas de pensamentos: os benefícios do dinheiro, o conforto, a segurança para as próximas gerações, o impacto de uma mudança de país para as meninas pequenas, a violência, o calor, mas eu sabia que as duas ideias estavam corretas. Era isso: havia certo e errado e ambas eram certas.

Fui descobrindo que Kees havia guardado muito mais dinheiro do que eu pensava e esse pensamento tinha efeitos ambíguos sobre mim. Ao final do dia, quando o sol se punha e uma pequena angústia tomava conta, sentia certo conforto em saber que existia um lastro para nossa família. Nos demais períodos eu tendia a encarar o ato como uma traição. Poderíamos construir dez casas com aquele dinheiro e eu não havia inicialmente concordado com um projeto continental de mudança.

Fora esse sentimento de traição que ia e vinha eu não desgostava por completo da ideia de construirmos uma casa. Uma vez superada a resistência à ideia de mudar de país, a imagem da casa atraia-me pela possibilidade de redefinirmos o que era um lar. Ainda não tinha verbalizado esse interesse e tampouco o definido por completo. Sentia que era um núcleo ainda disperso que provocava algum movimento interior. Havia ali uma chance de olharmos outra vez para quem éramos como marido e mulher, como éramos como pais. E isso me atraía.

Se a risada de Marlijn soava para mim como *plena* em uma brincadeira com a irmã e o pai, o som era totalmente diferente ao vê-la jogando com o celular. O riso era mecânico e triste quando os olhos estavam completamente centrados em uma tela. Meu conhecimento sobre o universo dos jogos virtuais era nulo, mas eu entendia que agora, diferentemente dos videogames com os quais brinquei uma vez ou outra no final dos anos oitenta, os jogos interagiam com a realidade. Eu via Marlijn e Lies apontando nossos celulares para diferentes lados quando estávamos na rua ou no parque. Elas seguiam pequenos bichinhos coloridos que apareciam na tela, mas que na verdade estavam conosco em uma praça.

Por um lado, a ideia de que as meninas pudessem transportar parte do espaço que habitavam na Holanda para o Brasil me acalmava. O espaço dos jogos era conhecido e familiar e poderia acompanhá-las em qualquer canto. O estranhamento que sentiam sem dúvida era menor, além de ser o jogo provavelmente uma brincadeira comum às crianças brasileiras, sem necessidade de traduções. Por outro lado, ao olhar seus pequenos corpos em movimentos bruscos, com o celular em mãos, sentia-me aflita.

vão livre ● *69*

Kees era um entusiasta das tecnologias e não as desencorajava a jogar. Via o potencial da indústria de *gaming* no futuro e pensava em investir nessa área. Suas conversas com as meninas era um misto de interesse genuíno e um mapeamento das tendências no setor. Ele dizia que poderíamos não gostar desse futuro, mas não tinha nada o que pudéssemos fazer a respeito. As pessoas trabalhariam cada vez menos e precisariam de alguma coisa para ocupar suas vidas diárias. A realidade aumentada ocuparia esse espaço. No ambiente virtual encontraríamos todo o prazer e aventura necessários para nos mantermos minimamente sãos.

Além da imagem um pouco ridícula de crianças e adultos gordos interagindo com projeções coloridas em movimento, eu me incomodava com a ideia de que trabalharíamos menos. Não entendia totalmente como poderíamos abandonar o trabalhar e ainda encontrar sentido enquanto espécie. Não é o trabalho o que nos desenvolve mentalmente? Que nos diz quem somos em um mundo em desordem? Kees adorava falar sobre esse futuro que via como inevitável, enquanto para mim parecia ficção científica. As meninas seriam ainda uma das últimas gerações que trabalhariam e por isso o jogo, o contato com todas as tecnologias disponíveis era importante. *Toda criança precisa saber de programação*, ele dizia.

No futuro talvez voltássemos a ser como os nobres de alguns séculos atrás, para quem o trabalho era uma atividade menor, a ser realizada pelos pobres. Mas ao invés de pessoas em situação de vulnerabilidade, teríamos máquinas sem qualquer necessidade de compensações de ordem material. Viveríamos, segundo Kees, da renda gerada por essas máquinas, que seria apropriada e distribuída como dividendos para todos os humanos. A ideia utópica de que viveríamos todos com uma espécie de renda universal básica convivia com a distopia absoluta do fim do trabalho humano.

Kees me falava essas coisas em tom professoral e irritante, como se me instruísse sobre o futuro. O ponto que iniciava esses longos monólogos eram geralmente uma reclamação minha com relação ao tempo que as meninas se submetiam às telas. Eu me queixava e ele passava a discursar. Diante da indecisão, elas continuavam brincando, cada vez mais alheias aos humanos de carne e osso.

GRANDE PARTE das minhas angústias pessoais e atritos com Kees derivavam do fato de que ele vivia olhando para o futuro, para todas as possibilidades de coisas que iriam acontecer a nossa frente, enquanto eu procurava simplesmente estar com as meninas. Há algum tempo eu havia descoberto que para estar totalmente presente com elas eu precisava que ele também estivesse. Por mais envolvida que eu pudesse estar em uma brincadeira, ver Kees se perdendo em discursos sobre um tempo distante, dispersava-me. Até onde eu podia ver, ele vivia em mundo um pouco afastado, enquanto eu cuidava das crianças. Contudo, quando ele me acordou de um cochilo involuntário sobre a areia quente de uma praia amazônica, a história que sempre contei a mim mesma ruiu.

Eu deixara de cuidar das meninas e elas estavam perdidas. Eu poderia culpar Kees o quanto quisesse, mas eu também havia dormido e deixado duas crianças sozinhas no meio de uma floresta desconhecida. Olhar-me sozinha diante da imensidão bela e terrível da selva fez com que alguma coisa se quebrasse. Depois de termos encontrado as meninas e eu conseguir enxergar alguma coisa além da pura angústia e aflição, notei que alguma coisa precisava mudar.

Fingi que dormia quando Kees se levantou da sua rede e foi tomar um banho de rio, mas passei toda a noite deitada, olhando para o céu absolutamente escuro. Senti-me deslocando lentamente para frente, aonde tudo isso daria? A rede pinicava minhas costas, enquanto a vasta escuridão me atraía. Onde nossos universos realmente se encontravam? Talvez eu devesse simplesmente relaxar. Kees não se envolveria mais com a família se não fosse por prazer. Eu não podia fazer nada a não ser tentar envolver-me mais naquela experiência maluca de viagem. Mergulhar no que talvez fosse um sonho real de um marido distante. Deixar-me contaminar pela ideia de uma casa construída do zero. Não somente pela oportunidade de recomeço, mas também pelo simples prazer. Qual fora a última vez que eu havia *gostado* de alguma coisa?

Passei a excitar-me com a perspectiva da casa. Uma vista bonita, um sofá confortável em frente à lareira, qual o problema de sentir prazer com isso? O veludo macio tocando minha pele, o fogo aquecendo meus pés e subindo pelas pernas. Eu estava só e ninguém poderia me ver. O calor das minhas mãos um pouco úmidas foi passando pelo corpo, contornando um dos seios e descendo por debaixo da roupa. Senti alguns pelos se arrepiaram diante de um toque suave no encontro dos lábios. Envolvi-me nas ondas de prazer que se seguiram e despertei com Marlijn gritando mamãe.

TERCEIRA PARTE

ENCONTRAMO-NOS EM frente a enorme rocha fria. Arthur vinha pela primeira vez, Karin pela segunda. Eu amava o terreno, os declives, as árvores, a vista da lagoa e especialmente aquela imensa solitária pedra arredondada. Karin havia concordado em contratarmos Arthur depois de uma longa conversa inicial. Um amigo tinha sugerido o terreno e eu havia feito meia dúzia de visitas nas últimas semanas.

Imaginava que o trabalho do arquiteto não seria fácil. Além de um trabalho meio psicológico-existencial que fomos desenvolvendo nas últimas reuniões, o terreno físico era complexo. A entrada, junto à estradinha, era a parte mais alta e um declive quase contínuo o acompanhava ao longo de toda a extensão, até a margem da represa. A descida era interrompida por um pequeno trecho plano onde havia três rochas, uma delas com pelo menos quatro metros de altura. Árvores de diversos tamanhos deixavam pouco espaço vazio.

"O que você acha?" Perguntei para Arthur com um olhar apreensivo.

"Deixa eu te contar uma história" ele respondeu, pousando a mão no meu ombro com uma expressão séria, "o meu primeiro

vão livre • 77

trabalho na faculdade foi projetar uma casa em um terreno fictício, plano, quadrado e sem nenhum objeto natural. Uma tela em branco, por assim dizer; e sem dúvida foi o projeto mais chato que já tive que fazer!" completou, sorrindo. Começou então a caminhar e fez um gesto para que o acompanhássemos.

"Gosto muito do terreno, a vista do alto, a represa lá embaixo, gosto até das pedras" eu disse animado, considerando que sua resposta havia sido positiva.

"Eu também gosto, mas vou ser sincero com você. Vai custar caro construir aqui. Pensem vocês dois antes de fazer a compra. Se for esse mesmo, teremos um imenso prazer em construir sua casa aqui. Te adianto, que pelo menos para nós do escritório vamos chamar de casa das três pedras."

"Você acha que mantemos *todas* as pedras?"

"Eu não tiraria nenhuma. Mas vamos ver isso mais pra frente, se tirarmos, podemos chamar casa da represa. Eu gosto de começar pelo nome, mas às vezes vai mudando mesmo. Aliás, como está a leitura do Bachelard, a Poética do Espaço, o que vocês dois estão achando?"

Karin e eu nos entreolhamos e demos as mãos. Há tempos que não fazíamos isso, muito menos em público e nos surpreendemos discretamente. Senti o seu calor e algumas minúsculas gotas de suor. O livro havia criado um universo próprio para nós e seria difícil explicar ali quão intensamente o apreciávamos. Não era difícil apenas por uma limitação linguística – nosso inglês certamente era melhor do que o de Arthur – ou mesmo em função do nosso hábito de procurar isolar a esfera privada da pública. Não era possível responder sinceramente àquela pergunta sem destruir o que havíamos construído com as leituras. Respondemos com um vago *sim* e mudamos de assunto.

Havíamos passado algumas noites lendo e relendo a introdução do livro, parágrafo por parágrafo. Sublinhando frases como "a casa é o nosso canto do mundo" e discutindo já um pouco embriagados pelo vinho o que seria a "essência da noção de casa". Fomos e voltamos diversas veze para o início, relembrávamos o título do primeiro capítulo – *A casa. Do porão ao sótão* – e o poema inicial de abertura: *Quem virá bater à porta?/ Numa porta aberta se entra/ Numa porta fechada um antro/ O mundo bate do outro lado de minha porta.* Não havíamos nunca compartilhado de um universo mágico. Quando nos conhecemos já havíamos perdido os resquícios de uma magia infantil; o mundo não era mais um lugar misterioso. O livro criou um espaço original.

Chegamos ao primeiro encontro juntos com Arthur radiantes. Sentados na mesa de mármore branco ele começou a nos contar o que o apaixonava em Bachelard. Falou sobre a trajetória desse filósofo que iniciou a vida profissional como um físico e aprofundou-se tanto no desejo de separar a observação objetiva da subjetiva que se rendeu ao estudo da imaginação. A obra que nós líamos havia sido escrita no final dos anos cinquenta e era o seu penúltimo livro publicado em vida. "A imaginação é a essência do projeto de uma boa casa" Arthur disse, "se não aprofundarmos as imagens que temos, vamos criar uma casa sem vida. Dito isso" ele continuou "queria ouvir vocês: qual o sonho para essa casa?"

Eu queria que Karin começasse, pois eu já havia tido uma conversa daquele tipo com Arthur. Olhei para ela. Karin começou contando do poema que iniciava o primeiro capítulo, que a havia emocionado. A porta aberta e fechada, a liberdade e a proteção. Falou que esse era um sonho e nesse instante meus olhos marearam. Ela estava dizendo as *mesmas* coisas que eu

vão livre ● *79*

havia dito quando a pergunta havia sido direcionada apenas a mim. Ela disse que queria uma casa que pudesse seguir de pé por gerações, sólida, mas que não fosse pesada: deixasse o ar entrar e sair, ensolarada.

Arthur anotava e desenhava em várias folhas brancas que ia colocando de lado. Talvez fossem ideias para a casa ou apenas uma forma de nos encorajar. Seguimos falando por horas, sempre girando em torno daquelas duas ideias: liberdade e proteção. Em algum momento lembramos do cartão postal do Masp em nossa antiga geladeira de Amsterdam. Aquele gigantesco espaço vazio sob o edifício, um abrigo para a chuva e para o sol, mas ao mesmo tempo uma imensa abertura para a cidade. A escala doméstica, íntima, daquele edifício: essa era a essência do nosso sonho.

SENTAMOS NA COZINHA e passamos a falar do terreno. As crianças estavam no jardim, eu olhava para Karin e ela girava o saquinho de chá. A primeira vez em que havíamos visitados juntos o lugar ainda não estávamos convencidos de que a zona sul da cidade era a região em que gostaríamos de morar. Além disso, tínhamos visitado no mesmo dia cinco outros terrenos e, por ser este o último, não havia recebido a atenção que merecia. Era claro ainda que o ponto sobre os custos adicionais da obra em um solo acidentado viria à tona.

A mancha urbana de São Paulo lembrava para mim um animal de perfil. O focinho como a zona leste, a segunda mais extensa; seguida da região norte, com o que se assemelhava a um par de orelhas, contornando o parque da Cantareira. A nuca, a parte oeste, era a mais retraída e havíamos pensado em nos fixar em um dos condomínios suburbanos além do seu limite. Um espaço fora da cidade trazia as vantagens do maior contato com a natureza e a tranquilidade, mas também o trânsito. Por esse motivo, pensávamos que a única direção em que poderíamos transpor os limites urbanos era a oeste. A zona sul, por sua vez, estendia-se mais do que qualquer outra, um longo pescoço,

vão livre • *81*

tornando o trajeto até os bairros com os quais tínhamos maior familiaridade consideravelmente demorado. Contudo, a região tinha a seu favor o abrigo de grandes porções represadas de água e a proximidade com a serra do mar.

A água era o elemento que me chamava para o sul. Karin, contudo, não estava totalmente convencida até termos encontrado um lugar com casas sem muros e um histórico livre de roubos. Não era aconselhável nadar, mas a possibilidade de velejar ou mesmo a simples contemplação nos agradava. Havia ainda na visão da água represada pelo homem uma lembrança de casa. Um orgulho nacional holandês em domar as forças da natureza. Sem dúvida reverter o curso de um rio e represar suas águas era um esforço menor do que a drenagem de pântanos e a construção de eclusas em quase todo o litoral de um país, mas mesmo assim fazia-nos sentir um pouco mais próximos de casa.

Karin não se opôs ao custo adicional do terreno. Ela também gostava do lugar e, para minha surpresa, deixou comigo a decisão. *Se couber no orçamento, por mim podemos ficar*, ela disse. Fiquei feliz, mas ao mesmo tempo um pouco inseguro; minhas certezas eram em grande medida fruto da constante oposição de Karin: elas brotavam diante da garantia de interdição.

As crianças já haviam entrado. Peguei duas taças e dois copos e brindamos. As meninas começaram a brincar e lembramos de Arthur – em resposta ao nosso entusiasmo com o Masp – tentando nos explicar o que era um vão livre. A beleza do termo em português, sem uma tradução ao nosso alcance. Conhecia o conceito em minha língua, mas nenhum de nós sabia o que dizer em um idioma comum. *The space between columns*, ele disse. O espaço que existe, mas é vazio.

CHEGAMOS AO TERRENO na hora combinada. As meninas saíram correndo do carro e foram olhar a água. Karin deu oi para Arthur e para os dois assistentes que o acompanhavam e as seguiu. Ficamos eu e os três arquitetos conversando um pouco. Laura disse que as meninas eram fofas e o rapaz concordou. Arthur fez então um sinal com a cabeça para o garoto, que devia ser ainda um estagiário, e ele começou a caminhar em direção à Karin. Nos reunimos todos na única parte plana do terreno, em torno das três pedras.

Eles tinham trazido grandes rolos de papel e cartolina colorida. As meninas pareciam animadas e Laura começou a falar, olhando para elas: "viemos hoje aqui para ter uma tarde muito divertida." Elas deram algumas risadinhas e Arthur continuou: "vamos construir juntos a casa de vocês." O estagiário tirou uma caixa de canetinhas da sacola e entregou para as meninas pintaram, enquanto Arthur seguiu falando:

"Essa é uma primeira maquete da casa" disse, apontando para uma mesa coberta por um tecido. "Um primeiro esboço do que pensamos a partir do que temos até agora: o desejo de vocês e um terreno. Vou passar agora alguns minutos explicando o que pensamos e depois vamos ajudar vocês dois e as crianças a experimentarem o projeto. Será uma simulação, vamos criar algumas partes da casa com os materiais que trouxemos e pedir que tentem simplesmente se sentir em casa. Tudo bem? O que acham?" Eu e Karin nos entreolhamos. Não havíamos previsto aquilo, mas respondemos apenas "ótimo, vamos nessa."

Arthur começou então a introduzir o projeto, revelando a maquete sob o pano. A casa tinha o formato de um cubo, vazado no centro e em uma das faces. O núcleo da planta localizava-se no ponto em que estávamos sentados: as pedras; a casa erguia-se ao redor delas. Um pátio central largo abrigava a maior das rochas e, na sugestão da maquete, uma mesa de jantar. No térreo, a vedação entre pátio e casa era toda feita por portas de vidro. Eram todas de correr e os três ambientes com vista para o largo central poderiam ser facilmente integrados.

"O pátio é o espaço de excelência do sonhador" comentou Arthur. "Ele protege com as paredes ao mesmo tempo em que liberta o olhar para o céu. Originalmente um pátio tem as quatro faces fechadas, mas procuramos aqui abri-lo não só para cima, mas também para a água. Procuramos criar uma contemplação plena para esses dois elementos. Essa abertura aqui" continuou apontando para a face que se abria, "foi criada a partir de um longo vão livre permitindo mantermos as outras duas pedras. Elas passam aqui por baixo e a vista da sala segue para a lagoa. No segundo andar temos os quartos e um escritório. A ideia, como vocês devem ter percebido, era conciliar a essência de liberdade e proteção que vocês haviam trazido."

Eu sentia como se ele tivesse captado tudo. Poderia viver o resto de minha vida ali, sentado em uma poltrona lendo o jornal ou trabalhando do escritório com uma vista incrível da represa a minha frente e duas rochas milenares sob os meus pés. Fui invadido por um sentimento profundo de gratidão. Por nossa simples existência, por Karin e mesmo por ter-me feito doar todo o dinheiro; sem isso nunca estaríamos ali no Brasil, construindo uma casa maravilhosa. Pelas meninas que eu veria crescer brincando cheias de espaço, pela empresa que batalhamos para construir, pelo dinheiro que ganhamos e nos proporcionava aquilo. Apertei a mão de Karin e dei um beijo em sua bochecha. Ela respondeu com um carinho em minha perna e aproximou o corpo para que nos abraçássemos. Senti que nossa união havia atingido o seu ponto mais intenso e esqueci de todos os que estavam a nossa volta.

Devemos ter ficado abraçados e totalmente ocupados um com o outro por alguns minutos pois quando voltamos o olhar para fora todos já estavam empenhados em outras tarefas. As meninas brincavam na cozinha e os assistentes erguiam a parede da sala com cartolina branca. Laura notou que havíamos voltado e nos convidou para se juntar a eles.

Arthur pediu que imaginássemos estar na cozinha: "como seria preparar uma refeição ali, tentem pensar em como se sentem levando os pratos para comer na mesa da sala ou do pátio. Percebam os ângulos para onde poderão olhar enquanto deitam aqui no sofá ou sentam ali na cadeira. A cama de vocês ficará voltada para a represa, o chuveiro também, tudo isso mais em cima, no segundo andar. O quarto das meninas ficará aqui e, do outro lado, o escritório."

Andamos de mãos dadas pelos cômodos imaginários. Subimos as escadas e nos vi na cama, saindo do banho: cada um em seu chuveiro, olhando para os nossos corpos nus e para a represa. Secar um pouco o corpo e deitar ainda meio úmidos, olhan-

vão livre • *85*

do para fora sem ser visto. Vestimo-nos outra vez e entramos no escritório. Os livros cobrindo as paredes e uma longa mesa de madeira sob a janela. Uma poltrona com apoio para o pé ao lado, uma luminária metálica de leitura e um criado mudo amparando o café. Deitamos um pouco no sofá de couro no fundo do cômodo, descansamos e seguimos pelo corredor de onde se abriam dois quartos, cada um com o nome de uma das meninas escrito em letras coloridas. Os quartos eram espelhados, cada um com um banheiro. Através das árvores avistava-se uma parte da casa vizinha.

O sonho de Karin sempre havia sido termos três filhos, era assim na família dela, mas o número parecia-me demasiadamente alto. Naquele instante, pela primeira vez pensei se não seria o caso de construímos um quarto adicional. Depois das dificuldades com o parto de Lies, Karin havia praticamente parado de falar na possibilidade em termos mais um filho, mas e se adotássemos uma criança brasileira? Fazia todo o sentido. As meninas adorariam ter uma irmãzinha para cuidar e seria mais um impulso em nosso processo de criar raízes.

Descemos outra vez para o primeiro piso e sentamos próximos à lareira. Cada um com uma taça de vinho, olhando para as chamas enquanto escurecia lá fora. Em seguida, servíamos o almoço em um dia ensolarado com a mesa do pátio posta para nós quatro. Eu assava salsichas na grelha junto à pedra e as três preparavam a salada de batatas. Demos então as mãos os quatro e atravessamos o vão livre. Examinamos lentamente as pedras, Marlijn gostava de subir em uma delas para encostar a mão na rocha mais alta. O vão era uma moldura contínua para a água; suas faces internas eram todas cobertas com as mesmas tábuas de madeira. Caminhamos até a represa, olhamos para a prainha que se formava, as espreguiçadeiras e o deck. Virei de costas e fiquei admirando aquele cubo branco que brotava entre as árvores.

DEPOIS QUE OS arquitetos foram embora, sentamos os quatro nas pedras e ficamos conversando. As meninas brincavam ou desenhavam e vez ou outra sua atenção voltava-se para a nossa conversa e nos interrompiam com algum comentário ou sugestão. Passamos mais de uma hora discutindo a possibilidade de criar uma ampla horta no terreno. Para nós a ideia de um grande espaço verde com funções apenas paisagísticas era um pouco estranha e sentíamos quase um dever em produzir alguma coisa. Assim como Marlijn e Lies, estávamos envoltos em um universo amplo e cheio de cores. As duas divertiam-se com extensas folhas de papel sulfite, maior do que seus pequenos corpos e algumas dezenas de possibilidades de tintas, giz de cera e canetinhas. Nós, olhávamos para o terreno e imaginávamos que poderíamos desenvolver ali o início de um pequeno centro agroecológico.

Poderíamos produzir dezenas de itens; frutas, legumes e verduras totalmente orgânicos para o nosso próprio consumo e para alimentar uma ainda inexistente feira de produtos locais. Mamão, abóbora, batatas, alface e tomate. As meninas já tinham idade para nos ajudar e seria sem dúvida um exercício pedagógico. Poderíamos organizar pequenas festas durante as colheitas

vão livre ◗ *89*

e elas veriam o esforço do trabalho totalmente recompensado em um prato saboroso que comeríamos aproveitando a sombra quente do pátio.

Quem sabe os vizinhos gostariam da ideia e se juntariam a nós. Produziriam outros alimentos e talvez até criassem pequenos animais se fossem bem-sucedidos em manter seus dejetos longe das águas. A ideia nos enchia de vida: além da arquitetura propriamente dita tínhamos todo um espaço ainda marginal para ser projetado. Lembrei das minhas aulas das antigas escrituras: no hebraico, o Beit, a segunda letra do alfabeto, é usada para escrever casa; o abrigo é uma necessidade humana essencial. Antes dele, apenas o Aleph, a primeira letra, com a qual se inicia a palavra comida. Estávamos desenvolvendo um reino próprio e autossuficiente, onde nos supríamos das necessidades mais básicas às mais elevadas.

O desafio de criar canteiros no meio das árvores e em um terreno com um extenso declive apenas atiçava nossa criatividade. O princípio agroecológico de diversidade e o cultivo que mantém a vegetação existente eram fundamentais. A possibilidade de acompanhar diferentes ciclos, ver diversos tons e insetos polinizando uma infinidade de flores. Olhando para trás a vida parecia uma grande monocultura, extensos quilômetros quadrados de tédio e monotonia que se convertiam em um futuro colorido e luminoso.

Além de tudo, poderíamos fomentar o capital social. Os vizinhos que provavelmente pouco se conheciam, passariam a frequentar um a casa do outro, comprar e apreciar os alimentos produzidos pela família até então desconhecida. Alguma família com mais gosto para crianças, poderia até criar um jardim de infância rural. As crianças passariam o contra turno das escolas cuidando de plantas e ordenhando vacas. Os menores tirariam um cochilo em berços espalhados pelo campo, sendo ninados pelo chiado de vento e folhas.

Na Holanda de fato esses lugares existiam e não haveria motivo para não funcionarem em São Paulo. Havia claramente uma demanda reprimida por serviços mais verdes e pais preocupados com a educação de seus filhos era um ótimo nicho. Grande parte da família de Karin tinha aberto suas fazendas para outras atividades em uma última tentativa de mantê-las financeiramente sustentáveis. Jardins de infância eram mais comuns, mas um tio dela havia até criado uma clínica para recuperação de dependentes químicos. Diziam que o efeito psicológico de cuidar de plantas e animais e vê-los crescendo era surpreendente e constituía um caminho para a libertação dos vícios.

Karin animava-se com a possibilidade de importar seus conhecimentos agrícolas para o Brasil. Feito nossos antepassados, criávamos uma vida autossuficiente em torno de uma represa. Se Amsterdam e Rotterdam deviam seus sufixos a existência de um suprimento de água reservado – a palavra *dam* significa literalmente represa – nós procurávamos fazer o mesmo em pequena escala. Claro que havia sido uma grande coincidência, mas à medida que as ideias avançavam ficávamos felizes em perceber as semelhanças entre um passado distante e um futuro próximo.

EM UMA NOITE quente, peguei o projetor que tinha trazido da Holanda e organizei uma sessão de cinema no jardim. Pensei que queria fazer isso toda semana na nova casa, na parede voltada à leste, com a represa no canto esquerdo dos olhos. O jardim da casa alugada não era amplo, mas consegui colocar quatro cadeiras a uma boa distância da parede externa e projetamos um desenho que as meninas queriam ver. Preparei pipoca e suco e ficamos rindo diante dos traços que se moviam sobre a parede. O contraste entre a solidez do concreto e o movimento fluído da animação enchia-me de entusiasmo. Sentia-me leve diante da possibilidade que a combinação dos contrários gerava: o muro, estático e seguro, protegendo nossas vidas; e o filme, engraçado, intangível e em constante movimento.

Quando colocamos as meninas para dormir, a ideia de um jardim de infância rural ainda ecoava e revelei minha vontade de adotarmos um bebê. Sentia-me eu mesmo um pouco criança, o impulso de contar os meus desejos era grande demais para ser freado. Falei que estava pronto para realizar o sonho de Karin e finalmente termos nosso núcleo familiar completo com cinco pessoas. Enumerei as vantagens de não termos que passar pelo processo dolorido e traumático do parto outra vez e ainda contribuirmos para o desenvolvimento pleno de uma criança concebida sem um lar. Enquanto eu falava, apoiado na bancada da sala, Karin apenas me olhava e sorria. Eu ainda não tinha certeza sobre a reação dela até o momento em que parei para tomar fôlego e ela se aproximou abraçando-me.

"Vai ser ótimo ter uma filha brasileira. Fico muito feliz que você tenha pensado nisso."

Quando senti o calor da cabeça de Karin tocando o meu rosto me dei conta que eu havia feito uma sugestão sem volta. Eu ainda queria ter mais um filho e a ideia brilhava dentro de mim, mas era tudo baseado em puro entusiasmo, sem nenhuma reflexão mais demorada. Será que estávamos mesmo fazendo a coisa certa? Karin se soltou dos meus braços e sentamos no sofá. Perguntei se ela tinha alguma restrição e ela disse que preferia um bebê a uma criança, mas fora isso não. Pensei que todos provavelmente preferiam um pequeno ser que viesse com o mínimo de comportamentos condicionados pelo passado e se não seria muito estranho termos um filho com o um biótipo completamente diferente do nosso. Queria que Karin tivesse dito alguma coisa a respeito, mas eu não diria.

Falamos sobre como as meninas reagiriam e pensamos que elas iam adorar ter um irmãozinho ou irmãzinha para cuidar. Meus pais provavelmente também aprovariam, mas não sei se poderia dizer o mesmo para a família de Karin. De qualquer forma, procuramos nos concentrar no que era positivo. Teríamos outra vez um bebê! Uma família completa. A ideia antroposófica de que cada filho ocupa um papel complementar de acordo com a ordem de nascimento poderia agora se concretizar. Cinco era o número certo. Um pai, uma mãe, um filho para realizar nossas ambições, um contestador e outro conciliador. Cada um teria o seu papel em uma família sólida.

Sentia-me cheio de significado e esperanças. As ideias de coisas novas que poderíamos fazer pareciam brotar a cada instante. Era inclusive difícil de entender o motivo pelo qual não havíamos feito diversas daquelas coisas antes. Como nunca tínhamos pensado em ter uma horta ou adotar uma criança brasileira? As ideias pareciam óbvias em sua simplicidade e em sua capacidade de nos fazer mais felizes. Ao redor das três rochas em um terreno às margens de uma represa emergia um pátio, que abrigaria uma família completa, expandindo-se para um campo de produção de alimentos para consumo próprio e em seguida para qualquer coisa do mundo. Cada ideia e espaço ampliam nossa percepção das coisas em si, ao mesmo tempo em que aumentam nossa superfície de contato com o resto do universo. Ao pensarmos em uma nova dimensão para a casa, a horta, todo um novo campo de possibilidades surgia. O que iríamos plantar, qual seria a rotina para administrá-la, quem faria o que, como iríamos consumir e vender os alimentos? Todas eram perguntas que me enchiam de energia.

Da mesma forma, uma criança brasileira em um núcleo familiar holandês traria uma infinidade de novas dimensões às nossas vidas. Eu sempre havia enxergado o mundo a partir da perspectiva de um homem branco, instruído e de um país rico. Apesar da tentativa dos meus pais de me inserir desde cedo em uma outra cultura, eu tinha um olhar marcado pelo privilégio. Eu poderia agora finalmente transpor essa barreira. Uma criança nascida no sul global, muito provavelmente com um tom de pele diferente do meu, abriria os meus olhos para enxergar tudo sob uma nova perspectiva.

Se o centro da casa era um núcleo em expansão, seu limite era o próprio universo. A ideia de que poderíamos ser tão grandes como quiséssemos. Tínhamos que aprender sobre os novos mundos que penetrávamos. Estudar era a chave para a nossa nova etapa. Conversar com pessoas que entendiam de adoção, ler livros sobre a experiência de famílias interculturais, visitar iniciativas bem-sucedidas de hortas orgânicas e comércio justo. O mundo era um lugar maravilhoso onde tudo está à nossa disposição e só dependemos da nossa vontade para colher os melhores frutos.

À tarde, enquanto tomava uma xícara de café deitado no sofá, comprei quatro passagens para Detroit. Havia sido um gesto totalmente impulsivo. Entre um gole e outro a ideia surgiu, entrei em um site e completei a compra antes que a bebida esfriasse. Eu havia lido uma reportagem sobre as iniciativas de agricultura urbana no mundo e Detroit era um dos destaques. A cidade dispunha de imensas áreas desocupadas, era o retrato cru de uma sociedade pós-industrial e um campo gigante de possibilidades para a experimentação de formas alternativas para ocupação do espaço urbano. Tínhamos de visitar aquele lugar, poderiam surgir ideias incríveis para a nossa iniciativa rural em São Paulo.

Quando fechei o notebook e tive aquela leve sensação de alivio – o silêncio de um mundo que descansa ao colocarmos o processador em repouso – foi que me dei conta de que havia sido não apenas impulsivo, mas excessivamente impulsivo. Karin acharia que fiquei louco se contasse que tinha comprado passagens para uma viagem internacional para dali a três semanas sem termos antes conversado. Além disso, ela não gostava dos Estados Unidos. Para ela Detroit não seria um lugar para entender sobre a agricultura, mas simplesmente o cenário de uma indústria automobilística falida e deprimente. Consciente disso, decidi guardar a informação a respeito da minha compra.

ESTENDEMOS UMA toalha longa e colorida sobre a grama e nos deitamos. Era a primeira vez que visitávamos o terreno sozinhos desde que o havíamos adquirido. Tínhamos comprado a toalha em uma viagem que fizemos à Jakarta, pouco depois que nos casamos, para que Karin conhecesse o lugar onde eu havia passado a infância. O tecido era bordado e alegre. A inclinação do terreno era perfeita e nossas cabeças ficavam em um ângulo confortavelmente mais elevado do que os pés. O pano era fino o bastante para que sentíssemos as plantas amortecendo nosso corpo, mas suficientemente espesso para impedir que nos pinicassem. O dia já estava próximo do fim e nossa ideia era assistir o por do sol na represa.

Por algum motivo o nome Hundertwasser não saia da minha cabeça. As imagens das casas do arquiteto austríaco apareciam em flashes. Os prédios desenhados com linhas tortas, diversas cores e brilhos contrastavam com o cubo branco desenhado por Arthur. Estendi meus braços e pernas na toalha e lembrei-me das cinco peles de Hundertwasser. A primeira camada, a epiderme, que sentia o toque leve do tecido. A segunda, as roupas, que protegiam o corpo do sol e da vergonha e a terceira, a casa, que era ainda parte da nossa imaginação. No terreno a pele da arquitetura ainda não existia e fundia-se às duas últimas camadas definidas pelo arquiteto. Eram dimensões menos tangíveis: a identidade e a natureza terrestre. Nossa ideia de cultura e família, misturavam-se àquela nova natureza e ganhavam forma em uma arquitetura imaginada. O universo que se expande, de dentro para fora, em camadas. A casa era mais uma pele.

Peguei as mãos de Karin e lhe dei um beijo. Abri a cesta que tínhamos trazido e nos servi um copo de suco de tomate, ainda gelado. Brindamos e Karin propôs que fizéssemos uma última vez nosso passeio imaginado pela casa. Aquele era o último dia que veríamos o terreno totalmente nu e que o projeto arquitetônico estaria unicamente dentro das nossas cabeças. No dia seguinte os pedreiros viriam e a construção finalmente se iniciaria. A perspectiva de que a casa iria depois de tanto tempo realmente existir me enchia de alegria. Anos haviam se passado desde que a ideia tinha surgido, o processo de convencer Karin, o projeto e agora finalmente a obra. Eu estava próxima de tocar nossa casa.

Subimos os degraus sem fazer barulho. Olhávamos para baixo, atentos às frestas entre as tábuas de madeira, conscientes de nossos movimentos e evitando acordar as meninas. Era ainda verão e o sol começava a se pôr. Já se passavam das dez e as portas coloridas do quarto de Lies e Marlijn estavam fechadas. O sol se punha atrás da represa e duas taças de vinho apareceram em nossas mãos. Sentíamos uma leve brisa enquanto desfrutávamos da varanda do quarto. Meu último gole veio acompanhado de um sussurro no ouvido: "eu te amo", Karin disse.

Finalmente Karin e eu estávamos *juntos* outra vez. Eu havia implorado internamente durante anos por aquela declaração. O *eu te amo* antecedeu um *que bom que vamos viver juntos nessa casa, não preciso de mais nada.* As palavras que eu sempre havia esperado ouvir. Eu a completava e finalmente penetrara no universo misterioso da mulher que amava. Pensei que se eu estava feliz naquele momento, estaria dez vezes mais quando a casa estivesse terminada. O êxtase vindo da declaração deu lugar rapidamente a uma nascente ansiedade: queria ver tudo pronto. Queria que o dia seguinte chegasse com os pedreiros e tudo isso passasse depressa para podermos finalmente sentar em uma varanda que realmente existisse e compartilharmos da vida plena a dois em um cenário real.

QUANDO VOLTAMOS a nossa casa de cimento e tijolos abri uma cerveja. Sentei-me feliz no sofá com as pernas estendidas. Karin se aconchegou ao meu lado e me deu um beijo curto. Parecíamos namorados outra vez. Ela se aninhou no meu peito e permaneceu assim até que eu terminasse minha bebida. Então olhou para mim e perguntou se eu estaria disposto a mudar algumas coisas em nosso casamento. Não entendi totalmente a pergunta: "Mas não está tudo ótimo?" Foi o que consegui responder.

"Sim, está tudo indo muito bem" ela disse, passando a mão sobre o meu peito, como há anos não fazia, "mas por isso mesmo. Será que não podemos aproveitar que estamos bem e começando uma nova casa para arrumar algumas coisas? Como aquela frase famosa: aproveitar que faz sol para consertar o telhado, sabe?"

"Sei, é do Kennedy, acho. A metáfora é perfeita, mas precisamos mesmo disso agora? Estamos começando a nos dar bem outra vez. E se estragarmos tudo?"

"Sim, é um risco. Mas se não fizermos agora não será nunca e o risco será ainda maior. Não vamos conseguir sobreviver mais dez anos juntos daquele jeito. Eu pelo menos acho que não aguentaria por tanto tempo."

vão livre ◉ *105*

Nunca havia pensado seriamente sobre terminarmos e senti um frio na espinha em saber que Karin já olhara para um futuro sem mim.

"Tudo bem. Vamos lá. O que você acha que deveríamos mudar?" Senti que meu tom de voz havia se alterado. Eu estava um pouco ansioso, meu coração batia mais depressa, me vi ameaçado.

"Calma." Karin disse, as mãos no meu queixo puxando-o junto ao seu rosto. Ela ainda estava amorosa e isso me reconfortou. "Não é que quero mudar tudo e não quero dizer que se não fizermos isso vamos terminar. Eu só estava dizendo que estávamos os dois infelizes e de alguma forma nós sabemos que isso não se sustenta por muito tempo."

"Ok, tudo bem. Eu disse relaxando os ombros. Mas o que você quer mudar?"

"Tem uma coisa que eu gostaria que a gente tentasse" ela disse, ajeitando-se no sofá. "Eu gostaria de trabalhar fora, ter um ateliê, uma loja. Pra mim não está funcionando ficar criando as joias em casa, sozinha." Ela olhou para baixo e outra vez para mim. "Pensei que seria bom também você passar mais tempo com as meninas, cuidar delas no dia a dia."

"Achei que você gostasse de poder trabalhar de casa."

"Eu gostava no começo, mas cansei um pouco. E ainda mais agora em um novo país. Não queria sair daqui em dez anos e nem falar português. Você já consegue ter uma reunião e eu ainda nem lembro o que dizer depois que alguém espirra."

"Sei, entendo" eu disse, olhando-a nos olhos e procurando sustentar um tempo em silêncio para pensar. "Sua ideia é que eu ficasse em casa cuidando das crianças?"

106 ● Tomas Rosenfeld

"Achei que não seria uma má ideia. Esses primeiros anos eu fui muito mais presente para elas. Poderia ser uma segunda etapa da vida delas. E de qualquer jeito, elas não precisam mais de tanto cuidado como antes."

"Nunca tinha me imaginado como um desses pais que ficam em casa. Seria uma grande mudança. Preciso pensar um pouco."

"Claro. E não seria ficar em casa o dia todo. Mas se eu soubesse que você estaria disposto a cuidar mais da casa e ficar mais com as meninas eu me sentiria mais livre para procurar outras coisas."

Aquela conversa havia sido uma grande surpresa para mim. Eu realmente não havia visto aquele pedido se aproximando. Senti como se estivéssemos no pátio da casa, sentados em uma espreguiçadeira e alguém colocasse uma lona preta cobrindo o céu. Ao mesmo tempo era um pedido justo, ela havia passado a última década em casa e, bem ou mal, eu estava construindo a casa dos meus sonhos, não seria ruim poder passar mais tempo lá. O que me incomodava tanto então?

Há algumas poucas horas, logo após ouvir uma declaração de amor de Karin, meu impulso era dar um *fast forward* na vida. Apressar o tempo para chegar logo ao instante em que a casa estivesse pronta, como se a solidez das paredes intensificasse e quem sabe até congelasse minha felicidade. Eu projetava que o futuro seria uma continuidade ascendente do presente e queria mais. Ao pensar-me como um *stay-at-home dad*, um pai que fica em casa, senti-me retrocedendo todo o caminho. Voltando a um tempo árido de uma busca exaurida para compreender Karin.

Eu havia perdido o norte e não compreendia muito do que estava acontecendo. Pensava ter entendido tudo e agora voltava à estaca zero. De onde viera o pedido de Karin? Imaginava que as vontades se formassem feito a chuva: o acúmulo sucessivo de gotículas que evaporavam de diferentes lugares e iam se concentrando aos poucos em uma grande massa de ar. Inicialmente branca e quase transparente, tornando-se cada vez mais escura e visível. Mas naquele caso, minha sensação era de que havia surgido do nada.

Gastei algum tempo pensando se o querer se formava mesmo feito nuvens. Se haveria ainda diferentes classificações a partir de sua forma ou origem. Existiriam quereres Cumulus ou Nimbus, mais ou menos próximos do chão e de menor ou maior intensidade? Talvez eu quisesse alguma coisa porque a tiraram de mim, como um bebê que chora quando o brinquedo é puxado de suas mãozinhas. Ou ainda porque vi uma criança maior com um objeto e o desejo por admirá-lo. Provavelmente existiriam uma infinidade de vontades assim, mas onde elas nasciam? No instante em que o brinquedo é arrancado da mão já existe uma vontade de retomá-lo? Ou o desejo apareceria milionésimos de segundos depois, quando um número xis de sinapses foram realizadas e o cérebro pôde processar a falta e encontrar uma saída palpável. Se repetíssemos o experimento, será que em algum momento a vontade seria esquecer? Talvez entre a terceira ou quarta vez, o bebê preferisse assumir que não pode possuir o objeto e, procurando se poupar de frustrações futuras, enterrasse o desejo de reconquista?

Não tinha a mais vaga ideia de como responder a nenhuma dessas perguntas. Eu não sabia por que eu queria alguma coisa e tampouco por que não queria. Alguma coisa dentro de mim dizia que eu queria construir aquela casa. Se me questionassem, eu poderia dizer que era uma forma de explorar um novo lugar a partir de um espaço familiar. Eu já havia dado essa resposta algumas vezes, citando um filosofo espanhol que dizia gostar de conhecer novas cidades hospedando-se em uma suíte padrão de uma rede hoteleira global. Talvez um psicanalista dissesse que procurava suprir a falta que me havia sido imposta; fosse a doação do dinheiro exigida por Karin ou as mudanças constantes de país durante a infância. Talvez fosse tudo isso, não sei, como saber? Em algum momento essa pequena ideia brotou, alguma combinação de hormônios, o encontro de pulsões elétricas neurais ou qualquer outro efeito bioquímico desconhecido implantou uma vontade que eu vinha seguindo. Em função de outros efeitos misteriosos, essa vontade via-se frustrada ao encarar a perspectiva de ser um pai que fica em casa. Mas seria isso racional, ou mesmo razoável? Uma vez atendida minha vontade eu não deveria me satisfazer com ela ao invés de ficar, feito um menino mimado, desejando mais e mais. Talvez, mas não era assim que eu me sentia.

vão livre ● *109*

HAVIA PASSADO a noite anterior toda refletindo sobre a conversa. Era verdade que meu português havia se desenvolvido mais do que o de Karin. Era também verdade que pais que ficam em casa eram uma tendência e um hábito cada vez mais comum. Li uma série de artigos na internet falando sobre o tema. Um deles, trazia uma perspectiva histórica, dizendo que antes da Revolução Industrial as tarefas produtivas eram realizadas no espaço doméstico, gerando uma distinção mais tênue entre os papéis, o que só seria radicalmente alterado com a industrialização. A mensagem era: fique tranquilo, essa divisão é apenas uma construção histórica e relativamente recente.

Uma revista falava sobre a divisão do trabalho na Holanda e como a rápida ocupação nazista havia retardado a entrada das mulheres no mercado de trabalho. Isso teria acontecido como resultado de um período de disputa demasiado breve: os homens não precisaram lutar nos campos de batalha e tampouco as mulheres substituí-los nas fábricas. Outro artigo ainda comentava sobre o ganho crescente de relevância da licença paternidade em diversos países. Todas essas informações já haviam cruzado o meu campo de visão em algum momento, mas ocupavam um

vão livre ⬤ *III*

lugar periférico em meus pensamentos. Nunca havia andado por uma casa imaginária pensando que eu era o responsável pelo seu funcionamento.

Em síntese, a parte racional do meu ser dizia que se ainda não era *mainstream* haver pais como os principais responsáveis pela atividade doméstica nada impedia que se tornasse e, provavelmente, em um futuro não muito distante isso aconteceria. Eu não precisaria me envergonhar de não ter um trabalho e cuidar das meninas. Na verdade, isso era uma atitude de vanguarda. Assim como meus pais lutaram pela igualdade entre os povos e o fim do colonialismo, eu lutaria pela igualdade entre os gêneros. Eu havia passado as últimas quase duas décadas dispendendo um tempo apenas ligeiramente superior a um terço do meu dia em casa e não havia motivo para não reduzir essa proporção e libertar minha esposa integralmente para o mercado de trabalho.

Nada disso era mentira e eu sentia a liberação de um fluxo de dopamina ao pensar em cenas como um café da manhã com panquecas com as meninas ou nelas sentando no meu colo para contar um segredo. Mas quando uma cena terminava e a produção de neurotransmissores estimulantes tornava-se escasso tudo o que ficava era um ponto escuro em meu estômago. Um grande buraco negro, alimentando-se de todas as partículas vizinhas, um colapso do espaço-tempo que absorvia toda a vida dos corpos celestes que um dia tiveram luz própria. Algum núcleo misterioso opunha-se profundamente ao meu novo papel familiar e era responsável por ofuscar toda uma série de prazeres.

Desde que eu havia chegado ao Brasil, eu ouvia um novo disco do Caetano a cada semana. Era como um ritual de descoberta do país. Durante a manhã corri em uma pista junto à represa. Dirigi por quase duas horas para voltar ao terreno de onde tínhamos saído no dia anterior e que parecia tão distante. Ouvi repetidamente O Quereres, voltando a cada vez que a música terminava e baseando nela o ritmo dos meus passos. Tentava desvendar entre um verso e outro se havia uma resposta à origem do querer ou qualquer outro tipo de resposta útil para mim naquele momento.

Deitei exausto da corrida na grama. Devia estar sobre a mesa da sala ou em cima do sofá. Abri os braços e respirei fundo. Se era o que ela queria, era o que faríamos. Eu a amava, amava as crianças e aquela casa. Por que não cuidar de tudo isso? Eu era um homem grande e feliz. Não havia nada que pudesse mudar isso.

vão livre ● *113*

QUARTA PARTE

Sᴇɴᴛɪᴀ-ᴍᴇ ǫᴜᴀsᴇ feliz. Pensava que seria difícil alcançar outra vez um nível de preenchimento semelhante ao que vivi quando era adolescente. A plenitude nunca mais seria absolutamente inteira. Quando meu corpo cresceu – durante a puberdade e esticou-se deixando os meninos abaixo da altura dos ombros – senti como se o estreito espaço vazio que existia até então houvesse se expandido exponencialmente. Como se tudo o que houvesse crescido fosse vácuo. Eu estava mais ou menos preenchida com o que havia vivido até os doze anos, mas a partir daí cada pelo e centímetro era um novo espaço escuro e vazio. Demorou ainda alguns anos para que aquela região cavernosa fosse preenchida por uma porção de água clara e morna. Quando senti que nada faltava, aos dezoito, a água passou a baixar outra vez. Ela havia atingido o nível máximo, trazido calor e alegria e então recuou. Como as ondas que regressam ao mar, deixou sua marca no solo; galhos, pedras e conchas eram o registro do rastro da maré. Minha plenitude era a linha de espuma entre a areia lisa e os montes secos. Eu não poderia passar daquele limite e, pior, saberia para sempre que ele existiu.

vão livre • *117*

Procurando descontar o efeito ilusório e nostálgico da passagem do tempo e admitindo jamais sentir-me completamente plena em idade adulta, senti-me feliz. A felicidade agora não se tratava de sentir todos os poros abertos ao mundo, o calor do corpo em equilíbrio perfeito com o da natureza, mas um sentido de adequação. As coisas estavam no lugar certo e era o que importava. Eu assistia às mudanças que se passavam com o meu marido e convencia-me de que finalmente as coisas entrariam nos eixos. Kees voltava a ter uma alegria e motivação que havia perdido há anos; ele *realizava* outra vez um desejo e eu podia ver como uma angústia represada há décadas dissolvia-se.

Deitada sobre a toalha que havíamos comprado em Jakarta, sentindo a grama do terreno que abrigaria nossa casa sob o meu corpo, pensei que poderia considerar-me outra vez feliz. O por do sol se aproximava e brindávamos ao reinício. Eu havia me aberto, recuado quilômetros em um longo campo de batalha e deixado que Kees avançasse, percorresse aos berros e agitando os braços, usufruindo de um vasto terreno de liberdade que eu havia suprimido de forma não totalmente consciente. Era fácil perceber agora em retrocesso como uma atitude mais relaxada e aberta da minha parte tinha um impacto sensível sobre a sua percepção de liberdade. Eu simplesmente me abri, deixei de lado meus mecanismos usuais de controle e pude observar as mudanças. A transformação na forma de estar no mundo de Kees era clara.

Havia uma frase emoldurada em um quadro no barco de Guus que me deixava pensativa àquela época e voltou a minha lembrança no instante em que dei o primeiro gole no suco de tomate e senti o líquido gelado descer pelo meu corpo. *O homem só pode descobrir novos oceanos se tiver coragem de perder a terra de vista*. Para mim isso era impossível. O máximo que eu podia fazer era tentar esquecer por alguns instantes que havia terra. Quando segurei a mão de Kees e disse que o amava naquela tarde eu sentia a terra se afastando, éramos nós, a casa, as meninas e podíamos viver por aí sem querer chegar a nenhum outro lugar.

MEUS CABELOS ainda estavam recuperando os cachos. A leve ondulação que acompanhava os fios havia se desfeito diante da umidade amazônica. Meu corpo como um todo recuperava-se de sua pulverização sob o calor e a ansiedade que vivemos enquanto estávamos na selva. Não foram dias, mas semanas para que eu sentisse que minha respiração em seu ritmo habitual pudesse fornecer-me outra vez um nível mínimo de oxigênio. Para o primeiro encontro com Arthur, vesti uma blusa de seda e uma calça azul clara. Quando entramos em sua sala eu sentia-me leve e esperançosa.

"Vê-se que voltaram de uma boa viagem! A pele bronzeada, os poros abertos e os olhos brilhantes!" Foi o que Arthur disse enquanto nos recebia com um caloroso abraço. Apenas concordamos com a cabeça e sorrimos. Apesar de toda a tensão que a viagem havia representado, Kees estava verdadeiramente feliz por estar ali e eu sentia essa alegria contagiar-me. "Não sei se vocês já ouviram essa história" continuou Arthur, "mas na mitologia grega Poros é o deus da riqueza. A própria palavra quer dizer abundância. Como o buraquinho na pele que libera as substâncias que temos em excesso. Enfim, Poros casou-se com

Pênia, a deusa da pobreza, e tiveram Eros como filho. O deus do amor veio do encontro entre a abundância e a escassez." Arthur sentou-se na cadeira e concluiu "estou divagando um pouco, mas lembrei disso quando os vi entrando aqui de mãos dadas. Adoro essa imagem do poro, expelindo os excessos. Mas enfim, e como foi a viagem?"

Arthur parecia muito mais com os meus sogros do que com os meus pais. Era cosmopolita e tinha algumas características difíceis de descrever, mas que acompanhavam todos os arquitetos mais ou menos bem-sucedidos. Uma aura confiante de quem já desenhou dezenas de casas e edifícios, que moldaram a noção espacial e a vida de centenas ou milhares de pessoas. Mesmo sem outras semelhanças, compartilhava com meu pai um gosto pelas divagações. Ele não havia feito isso sempre, mas especialmente nos últimos anos era capaz de fazer longas digressões pelo simples prazer de narrar uma história. Eu podia perfeitamente imaginá-lo contando sobre o casamento ou a separação de dois deuses gregos.

Nesse primeiro encontro, diante de uma sala acolhedora, cheia de pequenos objetos colecionados durante uma longa trajetória profissional, eu o sentia como uma espécie de síntese dos nossos pais. Como se eu fosse duplamente filha. A sobreposição, que poderia ser um peso, era na verdade um alívio. Talvez um tanto pela distância entre culturas que multiplicava a lacuna efetiva de idade, colocando-o em uma posição mais próxima a de um avô: com alto nível de afetividade e baixo de expectativas.

Descruzei meus braços e contei a Arthur qual era o meu sonho de casa. Sentia-me verdadeiramente bem ao falar, como se estivesse no lugar certo, compartilhando as coisas certas. A casa era um sonho bonito e nos aproximava. Na noite anterior, quando nos sentamos para ler a Poética do Espaço, eu sentia imensa ternura por cada leve movimento no rosto de Kees desencadeado pelas palavras. O ângulo das sobrancelhas e dos lábios, as maçãs coradas movendo-se para cima e para baixo. Eu imaginava que aqueles minúsculos músculos faciais houvessem permanecido congelados por um longo período de tempo e fossem aos poucos se dissolvendo sobre uma fina lâmina de água.

Eu queria sentir-me protegida e livre, era verdade. Mas quem não queria? Não seria um desejo universal: poder tomar suas próprias decisões, falar e comprar tudo o que quisesse, mas mesmo assim saber que caso as escolhas feitas o conduzissem a um abismo, haveria uma rede de proteção, um Estado, um côn- juge ou uma casa? Quando eu falava para Arthur sobre o meu sonho, eu acessava essa fonte essencialmente humana e abria o meu peito para reproduzir os valores pelos quais fui criada.

Além dessa essência, contudo, havia um ponto adicional que conduzia uma parte considerável das minhas emoções: eu ama- va Kees. Tinha medo de admiti-lo, sentia que se o anunciasse chegaria ao auge, uma abertura plena, que me conduziria outra vez ao extremo oposto: o vazio depressivo. Admitir-me comple- ta era a atitude que me levaria ao esvaziamento. Fazer isso tinha um custo emocional altíssimo e dado o meu estreito espectro de tolerância ao risco, dizer *eu te amo* era uma ação muito além da zona de conforto.

Sempre sentira afeição por Kees, mas admitir que o amava exigia uma mudança. Eu não estava no centro do mundo e, por- tanto, não poderiam ser as minhas palavras sozinhas que me conduziriam ao abismo. Além disso, a ausência delas provocava uma angústia excessiva em Kees. Eu dizia a mim mesmo que ele sabia que eu o amava. Não é possível que ele realmente pense que não.

Enquanto falava sentada em uma poltrona no escritório de Arthur, lembrei de um livro que havia lido. Uma jovem japonesa explicava o passo a passo e os maravilhosos resultados atingidos por seu método de organização. Parte do segredo era reconhecer quais objetos traziam alegria, e deveriam ser mantidos, e quais não, devendo ser descartados. Kees jamais poderia ser descartado, havíamos feito um pacto eterno e divino e a ideia de que apenas a morte nos separaria era para mim verdadeira. Contudo, eu tampouco reconhecia a alegria que ele despertava. Não era verdade que ele não a trazia, a falha estava em meu reconhecimento, para mim mesmo e diante dele.

A japonesa sentia o que cada objeto proporcionava. Se não trouxesse alegria, ela juntava as duas palmas da mão e baixava levemente a cabeça em um gesto de gratidão. Agradecia sua existência e seus serviços até aquele momento, quando seria descartado. Eu gostava de associar o rigor e a disciplina voltados a organização à busca de uma paz espiritual. Eu queria fazer esse gesto para Kees, demonstrar publicamente que ele era importante e me trazia felicidade e era isso o que eu tentava fazer enquanto descrevia o meu sonho de casa para Arthur.

O SONHO DE KEES era erguer. Seu impulso era realizador: construir uma empresa do zero, uma casa do nada e, em certa medida, reconstruir um ser humano quebrado. Era essa a minha explicação do motivo pelo qual ele me amava tanto. Ele havia me conhecido totalmente desestruturada e havia abraçado a missão de me reerguer. Era uma atitude nobre e eu sentia uma admiração por ela, mas ao mesmo tempo não era totalmente humana. Ele perseguia com a melhor das intenções um núcleo essencial do meu ser que deveria se desenvolver plenamente, mas isso não existia. Ele achava que via minha essência, mas era uma idealização. Com o passar dos anos, a parte mais sólida de mim já era quebrada. Como os ossos do meu dedão do pé, que um dia quebrei e na ausência de uma intervenção cirúrgica permaneceram fragmentados por um longo tempo até que os tecidos do próprio corpo dessem um jeito e os envolvessem em uma espessa cartilagem. Não havia mais retorno ao que um dia eu fui, a um ideal de essência, eu era um arquipélago de ossos e cartilagem. Kees não podia e não queria enxergar e por isso eu o odiava.

Mesmo assim eu queria ser grata a ele. Eu não podia conviver mais com o peso da vida que tínhamos e queria simplesmente agradecê-lo por tudo e recomeçar do zero. Como a escritora japonesa sugeria, juntar as coisas por categoria, livros com livros e papeis com papeis, e voltar para uma mesa branca, livre de entulhos. Reconhecer o seu desejo de construir uma casa era a forma mais sincera que eu tinha para agradecê-lo. Deixar que o seu impulso realizador se concretizasse plenamente, erguendo fundações, colunas e paredes. Ele havia construído uma grande empresa sozinho e agora teria o meu apoio para o seu segundo grande empreendimento. Eu precisava apenas ser grata pelo seu esforço por me considerar um objeto carente de estrutura e libertá-lo do fardo de me reerguer. Seria um capítulo importante das nossas vidas que se fecharia e poderíamos ver o que iria acontecer depois. Quem sabe eu mesma sentisse-me mais livre para buscar novos caminhos, sem o peso de ser um objeto em conserto.

O trabalho sempre havia sido uma dimensão atrofiada de mim. As atividades domésticas ocupavam quase todo o tempo e esgotavam minha energia criativa. Quando as meninas estavam na escola e eu sentava-me para desenhar um brinco para uma nova coleção, eu sentia-me uma fraude. Havia muitas coisas dentro de mim que precisavam sair, mas quando havia esse espaço, diante de uma folha em branco, todos os impulsos queriam fugir ao mesmo tempo: uma cacofonia reduzida a rabiscos. A primeira meia hora de uma tarde livre para desenhar consistia na produção de uma dezena de folhas borradas. O grafite de espessura zero três era pressionado contra a superfície irregular das fibras de celulose, desintegrava-se em milhares de pequenas partículas de carbono e se combinava novamente em um traço formado pela sucessão de pontos de aparência contínua. Os traços repetiam-se desordenadamente, ocupando toda uma folha e depois outra sem vestígio de um brinco ou qualquer outra joia manufaturável. Depois de ultrapassado esse estágio, como se minha mente precisasse descartar todo um conjunto de entulhos que não lhe traziam alegria, poderia surgir alguma coisa. Mas até que isso acontecesse, já era hora de sair outra vez para buscar as meninas.

Quem sabe o trabalho pudesse ser um novo caminho. De qualquer forma, eu precisava reconhecer o esforço de Kees, amá-lo da forma como ele merecia. Eu tinha isso em mim e era só uma questão de saber onde encontrar. Eu o amava e poderia acessar o prazer que sentia em dividir com ele uma vida.

A CASA É O ESPAÇO do sonhador. Repetia essa frase enquanto nos aproximávamos do terreno e do encontro com os arquitetos, que nos apresentariam o esboço do projeto. A ideia trazia uma leveza para o espaço e me projetava para o futuro. Repetir a frase me tranquilizava. Estávamos construindo um espaço para sonhar, para criar coisas novas. Eu sentia o cheiro do campo que envolvia a aproximação. Quando estivemos ali pela primeira vez, notei a transição entre periferia e natureza, cuja fronteira expandia-se além das impressões visuais. O calor e a secura das avenidas que ligavam a via expressa da marginal ao condomínio davam lugar a uma umidade amena. O excesso de cores, o vermelho dos tijolos aparentes, os cartazes com propagandas presos a postes erguendo cabos em absoluta desordem e toda sorte de calçados presos por um fio. Os sons das buzinas e da fumaça davam lugar a um vasto campo com árvores nativas e terra ainda molhada. O contraste com a periferia intensificava a sensação de paz da chegada. Saíamos dos bairros de classe média com postes, vias e anúncios publicitários mais ou menos ordenados para o completo caos das zonas periféricas.

Eu ainda absorvia a passagem entre os espaços quando desci do carro e cumprimentei os três arquitetos que nos esperavam. Soltei as meninas das cadeirinhas no banco de trás e elas saíram em disparada. Eu gostava daquele momento. Aproximava-me delas e colocava minha mão sobre suas barrigas, sentia o tecido e o calor da pele e a contração dos músculos dos pequenos abdomens querendo dar lugar para que meus dedos apertassem logo as laterais retrateis do cinto de segurança e as libertassem. Imaginava que a saída do espaço de contenção do carro para um campo aberto e amplo representasse a elas uma transição drástica e feliz. O declive do terreno devia ainda intensificar a sensação, a facilidade de correr em direção ao vazio, a brisa vinda da represa e todo um mundo que se abria. Depois de um rápido oi, um mínimo aceitável de trato social adulto, saí correndo com Marlijn e Lies. Não porquê precisasse ou sentisse que elas estariam mais seguras se estivessem próximas de mim, mas simplesmente porque senti vontade. Não haveria julgamentos, uma vez que eu acompanhava o passo acelerado de minhas filhas, e eu podia correr e saltar.

Era delicioso correr contra o vento e a alegria das meninas se somava à minha. Chegamos à margem ofegantes e sorridentes. Levantei Marlijn nos braços e rolamos na grama enquanto o sol ia e vinha por detrás das nuvens.

"Aqui será nossa nova casa!" Falei para elas, como se fosse pela primeira vez. Tive vontade de entrar na água, nadar com elas até uma pequena ilha que se formava quase junto à costa na margem oposta. Imaginei que colocávamos nossas roupas de banho, as boias nos braços e saíamos, explorando as águas cinzas e tranquilas da represa. Quando estivéssemos exaustas e nossos corpos quisessem descansar, Kees nos buscaria com um veleiro e nós deitaríamos os quatro na superfície ampla de lona suspensa entre os dois cascos do catamarã. Abriríamos nossos braços e pernas, sentiríamos o vento e o calor e não teríamos medo de nada pois estávamos em casa. A represa era o nosso novo quintal.

Estávamos Marlijn, Lies e eu deitadas na grama, deixando que o sol nos esquentasse. Marlijn aproveitava assim como nós e não se lembrou de reclamar de como o mato a pinicava. Sentia minhas pálpebras aquecidas e podia enxergar com quase nitidez o círculo luminoso que as atravessavam. Ouvi então os passos ritmados e tranquilos de alguém que se movimentava em nossa direção. Esperei que se aproximasse e fui surpreendida por um jato de gotículas de água. Levantamos as três rindo e olhando para um labrador marrom que chacoalhava seu corpo úmido ao nosso lado. O cão mantinha a língua para fora e secava os pelos como se não nos incomodasse. As meninas gritaram com ele, "cão mau" Lies disse apontando o dedo indicador para o seu focinho, mas logo quis abraçá-lo. Vi que ele tinha uma coleira e o nome inscrito em uma plaquinha metálica. Perguntei se alguma das meninas conseguia ler.

Enquanto elas se esforçavam para remover as algas que se prendiam à coleira, ouvi novos passos. Virei e vi o estagiário de Arthur. "Esse cachorro é de uma senhora que mora na casa ao lado, mas passa o dia aqui na praia", o rapaz me explicou enquanto dava alguns passos adicionais em nossa direção. Colocou a mão sobre a cabeça do animal e ajudou as meninas em sua tarefa de limpeza. "Meu nome é Carlos e estou na equipe de trabalho com o Arthur e com a Laura", continuou.

"Legal, parece um projeto desafiador, né"?

vão livre ◆ *133*

"Bastante. Será minha primeira obra mesmo. Tinha feito algumas reformas já, mas construir uma casa do zero será minha primeira vez."

"Seremos clientes tranquilos, então pelo menos com isso você não precisa se preocupar." Eu disse enquanto me levantava e sacudia as mãos para livrá-las da terra. No instante em que disse isso pensei que não poderia garantir aquela informação. Eu não podia passar um cheque em branco de tranquilidade; mas enfim, era um comentário simpático e apropriado. Além disso, eu realmente sentia que seríamos tranquilos. O terreno era tão delicioso, o silêncio quente da represa, as meninas alegres com toda a aventura, por que não seríamos pacientes e tolerantes com qualquer eventual deslize?

"Ótimo, disso eu não tinha dúvidas!" Respondeu Carlos mantendo o sorriso leve e despreocupado. Ele sugeriu que o seguíssemos de volta às pedras, na parte de cima do terreno, onde Arthur apresentaria o projeto.

ENQUANTO ARTHUR falava, mantinha os olhos em Kees. Coloquei minha mão sobre sua perna e senti os batimentos se acelerando a cada pausa ou gesto sugerindo que o pano fosse removido. Quando a arquiteta retirou cuidadosamente o tecido branco que cobria nossa casa, vi os olhos de Kees brilharem. As sobrancelhas relaxaram e descontraíram-se junto com os ombros. Ele deixou que algumas lágrimas corressem pelo rosto enquanto apertava a minha mão. Se as meninas não tivessem completamente entretidas desenhando, teriam visto uma cena que provavelmente se lembrariam anos depois por seu ineditismo. Ele me apertou forte junto ao seu corpo e pude sentir as gotas mornas do choro rolando pelas minhas costas.

Eu procurava refletir toda a alegria que ele liberava. Abracei-o forte, segurando-o também junto a mim e ignorando todo o desconforto que eu sentia por uma demonstração pública de afeto. Se os músculos do corpo tivessem seu comando dividido entre consciente e subconsciente, os membros sob domínio racional estariam relaxados e tranquilos enquanto aqueles movendo-se conforme os mandos do segmento obscuro da consciência estariam tensos e retesados. O braço do consciente o aproximaria, acariciando a pele do rosto; enquanto a perna do subconsciente o empurraria para o longe, afastando os olhares curiosos. Sem uma separação simétrica, contudo, abraçava-o como podia, soltando o máximo que conseguia de mim.

Permanecemos abraçados por um longo tempo e eu procurava me concentrar em seu calor e alegria. Depois de anos sem construir nada e diante dos sucessivos fracassos em reconstruir aquele outro ser humano que o abraçava, ele podia finalmente sentir que realizava um desejo. Sentia sua respiração e soltava-me um pouco mais à medida que as pessoas se afastavam. Dei-lhe um beijo na nuca e segurando-o pelos ombros afastei-me alguns centímetros para olhá-lo. Vendo as pequeninas veias avermelhadas que corriam sobre o fundo branco do globo ocular, deixei também que o choro viesse.

QUANDO OS ARQUITETOS foram embora, Kees sentou-se para desenhar com as meninas. Observei-os correndo o giz pelas folhas; os traços sempre curvos de Marlijn, mais atenta ao objeto do que propriamente ao papel: parecia querer criar uma ponta perfeita no extremo do bloco poroso de cera. Lies desenhava pequenos seres de palitinho, as mulheres definidas por cabelos longos e pelo contorno dos vestidos e os homens pela ausência de qualquer adereço. Havia uma grande casa e uma chaminé soltando tufos de fumaça marrom em formato idêntico ao das nuvens de contorno azul. Kees quis saber se era nossa casa e ela respondeu que sim. "E quem são essas pessoas andando por aqui?" Ele perguntou, ocupando-se em organizar todos os lápis em um mesmo sentido dentro da caixa metálica.

Enquanto eles brincavam, desci para a represa, deitei na grama e olhei para cima. Ao meu lado havia pequenas flores brancas, nascidas das pontas do mato. Procurei imaginar a cena mais bonita do mundo. Meus ouvidos tocavam Canon de Pachelbel, a música que ouvi ao nascer e ao dar à luz. Primeiro uma versão com apenas instrumentos de sopro, depois outra com uma orquestra completa, em que o tecido das cordas harmonizava-se

vão livre ◈ *137*

com a clareza do piano. O mato sob o meu corpo ficava cada vez mais distante, eu estava sobre um trem. O vagão amarelo cruzava um campo de flores e eu dançava nas pontas dos pés. Vestia minhas roupas de ballet, as sapatilhas cor de rosa que minha mãe havia comprado. O trem corria e eu girava, saltava entre um vagão e outro, pulando à introdução de cada instrumento.

LEMBRO DE ATRAVESSAR uma comporta. Íamos toda a família em um passeio e devíamos passar de um nível a outro no leito de um rio represado. As imensas portas de ferro emergiram atrás de nós e o pequeno barco subiu aos poucos carregado pela porção de água que se acumulava. Ficamos ali por pelo menos meia hora, entre duas gigantescas barreiras metálicas que realizam o trabalho sem pressa. Finalmente chegamos à altura necessária para poder seguir o percurso e vi a água se esvaindo atrás de nós. Lembrei da cena enquanto servia-me de chá na mesa da sala. O efeito do líquido fervente entrando na pequena capsula de alumínio em formato de casa que continha as ervas necessárias ao preparo da bebida. Da perspectiva da flor de camomila ou da folha de tília, a entrada da água também as arrastava para cima até quase a superfície.

Afligia-me a ideia de que vivíamos um excesso que inevitavelmente nos levasse a transbordar. Eu tentava elevar-me, sair no nível térreo: as necessidades básicas da família, as compras no supermercado, o transporte e saúde das meninas, as roupas, a louça. Contudo, sentia-me frustrada com a dificuldade de desprender-me do chão. A ideia da casa funcionava até um

vão livre ◉ *139*

certo ponto: o líquido que entrava e fazia-me boiar a partir do momento em que ultrapassava a altura da cintura. Eu agitava minhas pernas em um esforço para me manter boiando, mas a ansiedade aumentava à medida que o nível da água subia. Enquanto falávamos da casa, discutíamos Bachelard e o projeto com Arthur, eu conseguia manter-me aberta e leve, mas à medida que o entusiasmo de Kees crescia e novas ideias surgiam tornava-se cada vez mais fácil flutuar e, ao mesmo tempo, mais assustadora a ideia de que a água se aproximava do meu rosto, das narinas, dos meus dutos respiratórios e da margem do espaço vazio que nos continha.

A sugestão de construirmos uma horta, iniciar todo um projeto de agroecologia em nosso entorno, ter um terceiro filho, viajar pelo mundo, era tudo maravilhosamente sedutor e meu corpo precisava de cada vez menos esforço para acompanhar o fluxo. Mas a cada porção de ideias adicionadas, meus músculos mantidos sob o domínio tenso do inconsciente se retesavam. O medo instintivo de que nos afogássemos me levou a procurar esvaziar a pressão.

Eu queria me apegar outra vez ao que fosse básico. Segurar-me à estrutura; às pedras pesadas presas ao fundo do leito, ignorar os barcos e turistas flutuando sobre a superfície. Elas estavam lá desde o início e para sempre permaneceriam. O peso das rochas que se contrapõem à leveza do fluxo e que por isso permanecem, deixando a água esvair-se em uma foz enquanto assentam-se sobre si mesma até se desgastarem por completo. Fixei-me a mim mesma, ao que eu era, às questões que sempre tivemos como marido e mulher e que não deixariam de existir por que viveríamos em uma casa no estrangeiro com uma horta, um projeto comunitário e mais filhos. Multiplicar nossas distrações não nos faria mais felizes; teríamos que buscar outras depois que essas se esgotassem e enquanto isso envelheceríamos frustrados.

Desejava deixar que Kees simplesmente me levasse em seu fluxo, que meu papel fosse apenas reforçar o que ele era, torná-lo cada vez mais ele. Contudo, sentia que deveria interromper. Era esse impulso que emergia: barrar para impedir que tudo se perdesse. Se não intervisse, não impusesse um novo curso, certamente perderíamos tudo em um futuro não muito distante. Kees precisava se concentrar nas meninas, nas pequenas coisas do dia a dia, nas compras da semana e eu precisava trabalhar, sair de casa e aprender português. Eu devia aproveitar esse momento, as mudanças exteriores, a estabilidade da nossa relação e sugerir alguma coisa. Seria bom para nós dois, precisávamos disso. Ele acabaria entendendo. Precisamos consertar o telhado enquanto ainda há sol.

QUINTA PARTE

O SOM REPETIDO dos martelos envolveu-me em uma tristeza intensa. Uma brisa abafada vinha da represa e senti a chegada do enjoo. Como se a fundação da casa perfurasse um poço de enxofre e liberasse no ar o cheiro do que um dia já havia sido vivo. Eu acompanhara os primeiros dias da obra, mas me ausentara algumas semanas para uma viagem a Detroit. Fui sozinho visitar a cidade vazia e triste enquanto Karin e as meninas mantiveram suas vidas no Brasil. Aprendi algumas coisas sobre agricultura urbana, mas nada que justificasse uma viagem longa e cansativa. Durante aquelas semanas, a obra passara de alguns deslocamentos superficiais no solo para a instalação de fundações profundas e amplas paredes. Se antes havia apenas um ou outro trator arrastando a terra, agora existiam elementos capazes de interromper o campo de visão.

O barulho da serra, os homens gritando, o cimento jorrando. Eu tentava comunicar minhas preocupações com o atraso ao mestre de obras, mas fosse pelo meu português fraco, todos os ruídos entre nós ou a sua falta de vontade, a conversa parecia condenada ao fracasso. Ao ver o estado da construção, eu sabia que ela estava atrasada. Eu havia estudado as planilhas com os

vão livre • *145*

cronogramas no voo de volta e ao chegar conseguia imediatamente identificar falhas em sua gestão. Apesar disso, o que me envolveu em um estado estranho de tristeza foi justamente o estágio avançado da obra. Eu *sabia* que todas as paredes do térreo já deviam estar erguidas àquela altura e o fato de não estarem havia provocado uma leve irritação com a falta de compromisso dos encarregados. Contudo, o choque mesmo veio ao ver que *havia* paredes. Eu tinha apenas analisado quadradinhos pintados em um diagrama de Excel, enquanto a existência de um início real de casa se desenvolvia.

A construção destruía a casa. Enquanto erguiam as paredes, os pedreiros colocavam abaixo o nosso sonho. O projeto perdia-se enquanto concretizava-se. A escada que imaginamos subir e a cama em que imaginei deitar depois de sair do banho não poderiam mais existir uma vez que seriam substituídas pela escada e pela cama de madeira. Era uma sensação estranha e muito pouco racional. Era óbvio que eu sabia que a casa não seria idêntica à maquete ou ao que tínhamos imaginado. Era claro ainda que haveria um longo estágio em que um terreno bonito e arborizado se veria convertido em um campo esburacado entrecortado por obstáculos verticais. Contudo, a obra não era entristecedora como um estágio intermediário, um processo a partir do qual a natureza transformava-se em cultura. A obra era triste pois era o início de um processo irreversível de destruição do que era imaginado. Depois dela, haveria uma casa, que poderia ser tocada e, portanto, existia de uma única maneira. Por mais que abríssemos ou fechássemos os caixilhos do térreo, integrando o pátio ao interior da casa, ela continuaria a existir de forma estática. Pesaria toneladas e não mais teria a leveza do que estava em minha cabeça. Não haveria mais a possibilidade de ver o por do sol às dez da noite no verão, porque estávamos fisicamente situados no Brasil e isso nunca aconteceria. Não poderíamos passar do vinho a dois diante da lareira em um fim de noite e retroceder a um almoço ensolarado com as meninas no pátio. A partir daquele momento, da existência física da casa, ela existia como um objeto e com todo o aprisionamento que estes trazem consigo.

O concreto era cinza e gelado e vi-me enclausurado entre as vigas. Senti a imensidão da vista sufocante: o horizonte além das águas que nunca chegaria até mim. Uma das paredes criava uma sombra sobre as três rochas, agora úmidas e sujas de cimento. O contorno do espaço, definido por três paredes inacabadas fazia-me sentir pequeno. Se alguém tivesse me dito que eu me sentiria dessa forma ao ver a casa sendo construída, eu diria que a pessoa estava louca. Por que eu me sentia assim? Não fazia sentido algum. A casa estava cada dia mais próxima de existir, cada dia que passava representava um intervalo de tempo menor para sentir a intensidade do amor de Karin em sua plenitude. Não era isso o que eu pensava quando ela disse eu te amo, deitada naquele mesmo gramado há pouco mais de um mês?

Olhar para a parede da casa – os buraquinhos deixados pelo ferro que criara o molde de madeira para que o concreto pudesse se solidificar – gerava um desespero completamente desconhecido por mim. O cimento e o aço faziam-me entender a solidez, eu podia esfolar-me ou cortar-me e haveriam resultados palpáveis. Era óbvio. Mas também justamente por serem sólidos eliminavam o mistério. Como se a resistência daqueles materiais opacos gerasse uma deprimente transparência. Ao existirem, convertiam um infinito de possibilidades em uma única e dura opção. A luz da possibilidade única não tem matizes, pois não atravessa nenhum material: não é filtrada por um vidro colorido, desviada ou interrompida. A casa construída é transparente pois nada oculta, tudo está dado; e passado, presente e futuro serão uma mera projeção continuada um do outro. Como se eu pudesse tornar-me um ser minúsculo e entrar por cada orifício de Karin. Penetraria os poros por onde saem os pelos e passearia por sua boca. Eu a veria inteira por dentro e depois de um curto período de exploração tudo se tornaria conhecido e tedioso.

Pus a mão sobre uma das paredes e chorei. Eu estaria encostado na lareira se ali ainda houvesse uma. Ao lado de um carrinho de mão cheio de brita chorei como há tempos não fazia. Sentia como se ao longo dos anos tivesse enchido meu corpo de água e naquele instante a despejasse toda, gota a gota. Era ridículo, e a cada lágrima eu sentia mais vergonha. Não porque os pedreiros me vissem, não me importava muito com isso, mas com a minha própria idiotice. Quem em sã consciência chorava diante de uma casa em construção? A casa agora existiria e não tinha nada que eu pudesse fazer. Nós viveríamos ali como uma família feliz, era o meu sonho, e nada tinha mudado.

À VÉSPERA DA CERIMÔNIA para o lançamento da pedra fundamental as crianças brincavam com uma maquete da casa feita especialmente para elas. Uma miniatura onde suas bonecas dormiam e tomavam chá. Barbies e Kens conversavam sobre o tempo enquanto preparavam o jantar e uma boneca mais introspectiva sentava-se no pátio olhando para o céu. Eu havia acabado de informar Karin sobre a minha decisão e acostumava-me com a ideia de tornar-me um *stay-at-home dad*. Os olhos dela brilharam e abrimos um Pinot Noir.

Quando a coceira nos olhos tomou o lugar do entusiasmo com o novo brinquedo, colocamos as meninas na cama. Descemos para o nosso vinho e para o Bachelard, já um tanto esquecido entre as revistas de decoração coloridas e livros de arquitetura com capas duras. As imagens ainda eram poéticas e nos emocionávamos com alguns trechos, mas a leitura deixou de criar um espaço só nosso e protegido. Houve momentos em que realmente penetramos um lugar juntos, mas eram instantes seguidos de algum incômodo. Eu perguntava quase a todo o momento se o amor e abertura que Karin havia demonstrado nas últimas semanas haviam sido concedidos não de forma espontânea e verdadeira, mas calculada, com a intenção de alcançar um objetivo maior. A ideia absurda de que ela teria um amante brasileiro não saía da minha cabeça.

Entre um gole e outro de vinho, revelei despretensiosamente a compra das passagens para Detroit. Sim, eu sabia que ela não tinha especial interesse pelos Estados Unidos e que haviam dezenas de outros lugares que gostaríamos de visitar. Sabia também que não era o melhor momento para viajarmos, ela estava montando o ateliê e as meninas começando a escola. Além disso, quem supervisionaria a obra se estivéssemos distantes. Eu tinha previsto todos aqueles argumentos e só disse que pensei que poderia ser uma boa ideia conhecer projetos inovadores de agricultura, e que seria ainda uma oportunidade para as crianças aprenderem algumas coisas. No fundo eu sabia que a viagem em família nunca aconteceria, mas as passagens já estavam compradas e eu não poderia ignorar esse fato para sempre.

Quando Karin sugeriu que eu fosse sozinho senti uma pontada na lateral do estômago. *Eu posso cuidar das coisas enquanto você vai, se é isso o que quer, sem problema.* Eu havia imaginado que ela vetaria a viagem como um todo e não se fizesse de compreensível e companheira ao deixar-me ir sozinho. Aquele homem com a camisa desabotoada, que manda a esposa buscar uma cerveja, arrota e grita gostosa na rua que vivia em mim ganhava espaço. Um homo sapiens de gênero masculino que passou a maior parte de sua vida no século vinte perguntava se por trás da ideia de deixá-lo em casa cuidando das atividades domésticas ou de permitir que viajasse para o exterior, não haveria um outro macho peludo ameaçando sua posse exclusiva sobre a fêmea.

Era absurdo não porque fosse totalmente impossível, mas porque Karin valorizava a instituição casamento. Quebrar o voto de monogamia não era uma ideia que poderia parecer razoável em sua cabeça. Possivelmente ela se sentisse frustrada em vários momentos e até atraída por algum outro homem, mas pensar que ela extravasaria os desejos e fracassos em um ato adúltero não parecia plausível na narrativa que construía a si mesmo a respeito da esposa. Ao mesmo tempo, era comum sentir que não a conhecia e estranhar seu comportamento. Não tinha como ter certeza.

INSPIRADO POR UM trecho do livro de Bachelard uma ideia se fixou em mim: eu era um homem disperso. A casa havia desaparecido da minha imaginação. Eu havia deixado de pensar em como seria a luz do entardecer na poltrona do escritório. Agora existiam máquinas trabalhando para a construção da estrutura e, depois, haveria apenas a casa. Sem imaginá-la eu ia desaparecendo.

A realidade se mostrava como um gradiente. Enquanto o exercício constante de imaginar a casa colocava-me no centro de equilíbrio deste eixo, a obra puxava-me para os seus extremos, alternando esquerda e direita, sul e norte sem avisar. O martelo batendo contra a estaca poderia estar dentro de mim, como se fosse o instrumento de um dentista arrancando cada molar e canino. Por outro lado, a turbulência da escavadeira poderia ser coberta por uma dezena de filtros fotográficos e camadas de isolamento acústico, desaparecendo em um surdo esbranquiçado. A obra arrastava-me para os polos da minha existência. Eu mal havia berrado internamente em resposta ao desespero provocado pelas faíscas e o som agudo e dentado do corte do ferro para logo em seguida ver tudo desaparecer como

vão livre ● *153*

se alguém houvesse escutado minhas preces e me atirado em um poço surdo e sem fundo.

Mesmo pequenas coisas podiam criar em mim a sensação de abismo. Procurava reforçar um vínculo com as meninas conversando em português e deixando o papel de manutenção da língua materna para Karin. Mas pequenos desentendimentos linguísticos me frustravam de forma desproporcional. A insistência de Marlijn em dizer sempre *casa de banho* ao invés de banheiro, por exemplo, jogava-me em um poço de tristeza, como se nem mesmo pai e filha pudessem se entender. Elas haviam se apegado à algumas palavras do professor português que tiveram na Holanda e recusavam-se a incorporar parte dos termos brasileiros. Será que ela fazia isso também na escola ou era uma forma de se diferenciar de mim? Provavelmente as coleguinhas ririam delas usando palavras não totalmente estrangeiras, mas mesmo assim estranhas. Será que parte delas sentia prazer em manter essa distância?

A ausência de um foco imaginativo me dispersava. Tudo o que eu conseguia fazer era cuidar de pequenas atividades domésticas e acompanhar a obra à distância. Meu corpo simplesmente não respondia aos comandos que fossem mais complexos. Cada vez que um problema surgia na obra, eu sugeria que o resolvêssemos por telefone ou sentados em uma poltrona no escritório de Arthur. Eu me recompensava com uma xícara de café em cada uma dessas situações e procurava concordar com a maior parte dos conselhos dos arquitetos.

Quando fui ao escritório de Arthur naquela manhã quem me recebeu foi Laura. Encontramo-nos na biblioteca, um espaço que ocupava dois andares de um pequeno prédio, as paredes forradas de livro e um centro vazio, conectando os dois pisos.

Entre uma mesa comprida de madeira e as poltronas de couro, optamos pela segunda. Ela abriu uma pasta larga sobre a pequena mesa de centro a nossa frente e tirou uma pilha de desenhos feitos à mão em papel de seda: "aqui ainda gostamos do risco do grafite sobre o papel", ela procurou me explicar.

Laura devia ter trinta anos, talvez um pouco mais. A pele era lisa e seus movimentos contidos e leves; vestia-se com roupas claras e poucas cores. Era magra e às vezes eu enxergava o volume pontudo de seus seios sob a blusa. Ela se inclinou e me mostrou um ponto no desenho. "Aqui está o problema", ela disse. "O banheiro de vocês, está vendo aqui, está bem em cima do vão livre. Quando desenhamos, achamos que conseguiríamos trazer a parte hidráulica por baixo, mas vimos agora que os canos teriam que vir por toda a sala e não vamos conseguir isolar totalmente o ruído da água. Então mesmo que a gente rebaixe o forro e passe tudo por aqui, quando você ligar o chuveiro para tomar banho quem estiver na sala vai ouvir o barulho da água correndo."

Laura havia entrado no chuveiro. Falávamos de um banheiro que ainda era em certa medida imaginado – nenhum pedreiro havia fixado os azulejos ou o mármore – mas ao mesmo tempo era menor do que o banheiro que fantasiamos. Ele enfrentava problemas, não podia ser o que quiséssemos, tinha custos reais, centímetros e caixilhos. Sentia como se eu passasse de um estado de devaneio, em vigília, para o sonho, em que nada fazia muito sentido.

EM NOVEMBRO comemoramos o aniversário de Karin. Procurei tratá-la da melhor forma possível, como se durante aquele dia eu pudesse concretizar tudo o que sempre fora esperado de mim. Flores, chocolate, um almoço com vinho e horas de preparação na cozinha. Sentia como se o meu cérebro agisse feito o de um ratinho. A perspectiva de uma recompensa não muito distante era o bastante para gerar estímulos elétricos e mover-me em alguma direção. A possibilidade de receber um sorriso de Karin ao final do dia e a esperança de uma noite de sexo eram o bastante para me colocar em um modo de trabalho e executar tarefas em sequência.

Mesmo dentro do conjunto de ações que culminariam com o jantar, as subtarefas eram definidas a partir dos mesmos impulsos biológicos: cortar cebola parecia uma tarefa impraticável sob aquelas condições, de forma que o cardápio fora definido a partir de pratos que a dispensassem. A escolha do que serviria havia sido ainda condicionada pela necessidade de ir ao supermercado imenso e fresco na avenida. A ideia de cozinhar só era concebível pois sucedia uma permanência longa e relaxante em um lugar com música ambiente e amplos corredores gelados. O ar confortante e uma infinidade de produtos ainda estranhos para mim entretinham-me, envolvendo-me em uma atmosfera leve, direcionada unicamente ao consumo.

O estacionamento coberto era o anúncio da salvação. Em seguida, as portas automáticas se abriam diante da proximidade da minha presença e uma escada rolante reluzente me conduzia em silêncio ao andar superior. À medida que subíamos, a distância entre minha cabeça e as luminárias suspensas ia progressivamente diminuindo e seu ritmo ordenado acalmava-me. A primeira gôndola que eu avistava consistia em toda uma prateleira com rótulos desconhecidos de cervejas, amontoadas ao lado de um canto verde e familiar de Heinekens. O passeio seguia, desvendando novos produtos e seus ingredientes.

O descanso no mercado, a ausência de cebola e a perspectiva de sexo eram o bastante para fazer meus mecanismos internos se movimentarem apesar do incrível peso de cada membro. Durante o jantar sorrimos um para o outro e as meninas pareciam contentes. Nossos sorrisos não eram propriamente falsos, mas vazios. Queríamos, ou pelo menos eu queria, sentir mais, povoar – como havíamos feito algumas semanas antes e outra vez há tantos anos – um vão que era nosso. Talvez Karin estivesse plenamente feliz, era uma possibilidade real, mas eu não saberia dizer. Eu sentia-me desfazendo: pedaços do meu corpo caiam ao me movimentar.

Durante à tarde, quando fomos passear em um parque próximo, observei assustado minha cabeça embaralhar lembranças e sentimentos dispersos. A construção de uma ponte que acompanhei quando era pequeno, as duas imensas porções de concreto que iam crescendo cada um vindo de sua margem, para finalmente se encontrarem no meio do rio. Ou minha rotina às terças e quintas feiras, quando uma outra mãe levava as meninas para a escola e eu desenrolava meu tapetinho de espuma azul, completava uma série de *asanas* e meditava tranquilamente antes que o sol chegasse à parede envidraçada da sala.

QUANDO DEI por mim estava sentado sem roupas no azulejo frio e amarelo. Era o banheiro de um hotel e eu chorava. Alguém do outro lado da porta perguntava se estava tudo bem e eu soluçava sem responder. Uma camisinha ridícula sobrava sobre meu membro já mole. O que eu havia feito?

NA NOITE ANTERIOR, enquanto o aniversário de Karin chegava ao fim e olhávamos para o teto deitados na cama, ela me perguntou se não achava que eu deveria visitar um médico. *Talvez algum remédio ajude.* Eu pensei que não seria ruim ter minha cabeça examinada e um novo rumo definido por psiquiatras, mas ao mesmo tempo antes mesmo de ir ao médico, a simples ideia de que minha tristeza era externamente visível já era uma admissão ridícula. Quais os sinais que eu havia dado de que precisava visitar algum especialista? Externamente eu mantinha tudo como era antes e procurava manter todo o peso no interior. *Falar é prata, calar é ouro* ensinava minha avó. Era patético *falar* sobre essas coisas, muito mais com um estranho.

Eu não conseguia ouvir um único som vindo de mim o que dificultava as coisas. Impulsos destrutivos que sugeriam alugar um trator para demolir a casa, beber até perder a consciência e arrancar a primeira calcinha que aparecesse ao meu alcance conviviam com uma perspectiva idílica de ressurreição. Havia ainda um céu azul que eu poderia alcançar se fizesse tudo o que o meu eu autêntico quisesse e se meus neurotransmissores estivessem saudáveis. Mas eu havia tentado... Eram duas dimensões que importavam: minha vontade interior e o socialmente reconhecido. Eu havia feito tudo o que estava no quadrante onde o lado positivo desses dois eixos se encontrava. Não havia buscado o caminho do que era unicamente positivo a partir do olhar dos outros, mantive-me firme aos meus desejos autênticos. Tampouco havia cedido a tentação de fazer o que bem entendesse, sem qualquer pudor. Procurei fazer isso a vida toda, para chegar aonde?

Era mais simples admitir que haviam valores socialmente compartilhados e que existiam coisas certas e coisas erradas para se fazer na vida. Contudo, eu não conseguia naquele momento dizer qual era a minha vontade, a minha voz única e indivisível que me conduziria. Era possível que fosse um problema meramente bioquímico, era isso o que Karin dizia e eu poderia encontrar facilmente a solução quando um médico prescrevesse algumas drogas e as sinapses passassem a agir normalmente. Quando isso acontecesse, eu teria outra vez minha voz interior e poderia me posicionar novamente no gráfico de dois eixos e quatro quadrantes, buscando sempre o lado direito superior, onde os valores positivos se encontravam.

A medicina era maravilhosa e poderia reparar minha vontade quebrada. Era tentador, mas será que eu teria que passar o resto da vida sob efeito dessas drogas? Não fazia sentido algum eu ter me mudado para outro país porque quisesse sentir-me mais feliz e entupir-me de antidepressivos. A ideia de que eu tampouco poderia negar que tomava remédios, quando fosse confrontado com essa pergunta, era triste. Em qualquer exame médico ou consulta inicial reluzia um orgulho, a virtude moral de poder responder negativamente sempre que *toma alguma medicação* era perguntado.

Durante aquela noite, enquanto milhares de aniversários chegavam ao fim e outros tantos iniciavam-se, o impulso destrutivo vencia uma silenciosa batalha.

KARIN SOUBE no momento em que cheguei em casa. O cheiro do sexo ou da culpa haviam me denunciado. Ela me olhou fixamente e eu pensava se teria coragem de admitir, se teria forças para dizer que fora ela quem havia começado, uma mulher sempre evasiva que certamente escondia uma vida amorosa paralela. Não tive coragem e tudo desabou quando ela fechou a porta do quarto atrás de si.

A CASA ESTAVA quase pronta. Eu dormia no sofá há algumas semanas e a dispersão que me dominava ganhou intensidade. Algumas decisões precisavam ser tomadas, mas eu passava os dias procurando esconder os meus rastros na sala e manter um sorriso bobo no rosto na esperança de que as meninas não desconfiassem de nada e que em algum momento voltássemos a nossa vida anterior à noite do azulejo gelado. Se antes eu tinha um quarto onde poderia sentar e pensar, agora eu via meu direito à casa totalmente negado. Vivia com vergonha, pronto para ser expulso de cada canto ao ouvir que alguém se aproximava. Meus pensamentos não tinham forças para se erguer um sobre o outro, eram peças derretidas de Lego.

Sem que eu aparecesse na obra, os pedreiros continuavam fingindo que trabalhavam e recebendo seus salários. A obra se arrastava sem que isso me desagradasse por completo. Não fazia ideia do que fazer com a casa pronta. Eu precisava de um espaço onde pudesse juntar-me outra vez, empilhar aquele monte de peças avariadas na esperança de construir alguma ideia que parasse em pé; caso contrário, a situação se arrastaria indefinidamente até que Karin esquecesse quem eu era e me colocasse na rua.

Liguei o carro e o som continuou da música em que havia parado. Uma melodia levemente raivosa, mas com um ritmo que a levava adiante – na esperança de que a fúria alcançaria seu destino – agradou-me. Demorei alguns segundos para me dar conta de qual disco eu ouvia e só percebi que canção era quando um verso me atingiu no estômago: *aqui tudo parece construção e já é ruína*. Mudei de faixa, e coloquei uma *playlist* antiga. Nunca havia escutado a palavra ruína, mas seu som era tão próximo do holandês e inglês. Aquela palavra antiga e desgastada, sempre romana. Nunca tinha ouvido falar de outro produtor de ruínas, eram sempre os romanos, talvez os gregos e agora eram minhas.

Decidi que deveria procurar um lugar antigo. Um prédio que houvesse sobrevivido às catástrofes da vida e se mantido em pé; a prova de que a ordem poderia superar o caos. Percorri as datas das construções paulistanas enquanto estava parado em um congestionamento. Fiquei frustrado ao descobrir que o edifício mais antigo, o Pátio do Colégio, com quase quinhentos anos, na verdade apenas mantinha fragmentos de uma parede original, enquanto sua construção era da década de cinquenta. Lembrei da Catedral da Sé, mas era dos anos sessenta. Havia ainda o Teatro Municipal, mas era pouco provável que houvesse um espaço em que eu pudesse simplesmente me sentar àquela hora.

Fui até a biblioteca da faculdade de direito, no centro da cidade. As colunas, os livros com capa dura e envelhecida, o silêncio, tudo era importante; a lembrança de alguma coisa eterna. Sentei-me em um canto, próximo à janela. O que eu faria? Talvez Karin já tivesse um plano elaborado para o futuro, mas eu não fazia ideia já que não trocávamos uma palavra há semanas. Estávamos há mais de um ano vivendo no Brasil, tínhamos uma casa grande com a qual havíamos dispendido quase todo o nosso dinheiro, as crianças tinham finalmente se acostumado à escola e sentiam-se razoavelmente à vontade com o português. Karin havia aberto um ateliê e uma loja de joias e conseguira alguma clientela. Não era suficiente para pagar as contas da casa, mas até onde eu podia dizer ela se sentia realizada com o trabalho. Não descartava totalmente ainda a possibilidade de um amante. Por outro lado, nossa família estava na Holanda, assim como nossos amigos mais antigos. Aqui socializávamos com alguns vizinhos e antigos colegas, mas não eram *amigos*.

Minha autoestima andava tão baixa que eu concentrava todas as possibilidades de futuro em ações de Karin. Eu via que, em relação a nós, ela poderia seguir em três direções: deixar-me, reconciliar-se ou tolerar uma vida sob o mesmo teto. Conhecendo seu apreço pela família e a aversão ao divórcio, especialmente por causa das meninas, eu considerava a terceira opção a mais provável. Minhas esperanças residiam em, com os anos, encaminharmo-nos para uma reconciliação. Mas não sabia se era possível. Nesse cenário de tolerância e convivência mais ou menos pacífica eu a via me deixando quando as meninas fossem para a faculdade ou se não aguentasse até lá, pelo menos até serem um pouco mais velhas.

Uma outra dimensão de possibilidades estava entre voltar ou ficar. Em uma noite estúpida eu havia alterado a balança de poder da relação e abria a possibilidade de que ela redefinisse qualquer regra. Qualquer uma das três possibilidades poderia ser combinada com diferentes escolhas na dimensão geográfica. A vida como divorciados, casados ou divorciados-casados poderia se desenvolver tanto no Brasil como na Holanda e era essencialmente uma decisão de Karin.

Algumas combinações pareciam ridículas, mas não eram totalmente improváveis. Vivermos separados no Brasil parecia uma opção besta, mas se a questão principal fosse as meninas, ficar onde estávamos provavelmente era a melhor opção. O mínimo de mudanças, reduzir ao máximo o impacto de decisões ruins dos pais sobre a vida das crianças, deveria ser a nossa meta. Apesar de que separados éramos fracos, não havia avós ou tios em uma país ainda estranho. Pensando nas meninas o melhor era que tudo ficasse como estava. A possibilidade de que ficássemos separados em diferentes continentes assustava-me, mas era um argumento que eu tinha caso Karin quisesse voltar: eu não voltaria. Ela gostaria que as crianças vivessem vendo o seu pai apenas uma ou duas vezes por ano?

Mas e o que eu realmente *queria*? Eu me arrependia profundamente de tê-la traído, uma besteira adolescente, tudo fica imensamente claro depois do gozo, quando carne volta a ser apenas carne. Mas de qualquer forma, eu não estava feliz. Era difícil retornar àquele momento sem engrandecê-lo. Como eu poderia não ser feliz se eu tinha uma mulher que amava ao meu lado, duas filhas lindas e a casa dos meus sonhos? Mas o fato é que eu não era e o simples retorno àquela situação provavelmente não me faria feliz. Ou será que faria?

PROPUS A KARIN que nos encontrássemos em um café para discutir o nosso futuro. O lugar era pequeno e peguei um canto com duas poltronas grandes de couro. Quando a vi, cruzando a porta e percorrendo o salão com os olhos para encontrar-me, pensei que estava tudo terminado. O movimento vago de reconhecimento ao notar minha presença em seu canto esquerdo. Ainda antes que ela sentasse tentei desesperadamente repassar minha estratégia, a narrativa que eu havia criado na esperança de que pudéssemos ainda viver feito um casal na casa que havíamos construído.

Quando seu corpo tocou o assento, a almofada estufou-se na parte de trás antes de liberar o ar. A postura de Karin era irretocável, a espinha reta e um gesto seguro solicitando o cardápio. Quando o chá chegou, ela olhou para mim e antes que eu começasse a falar colocou a mão sobre o meu joelho.

"Eu imaginei que isso pudesse acontecer", ela disse. "Via como ela te olhava. Ela é mais jovem, bonita, eu entendo. Ainda assim achei que você conseguiria resistir, mas não conseguiu. Foi fraco. Não vou te perdoar e não sei se um dia vou conseguir. Mas não vou castigar as meninas por isso."

Ela se ajeitou na poltrona e deu um gole no chá. Eu ainda estava aturdido com suas palavras. Minha esposa havia me chamado de um homem fraco. Ela havia ensaiado aquelas palavras, provavelmente se olhado no espelho do nosso quarto enquanto dizia que o marido era fraco.

"Não sei se você pensa em fugir com a sua amante ou manter esse caso" ela continuou, "mas se for um pai minimamente responsável vai desistir desse e de qualquer outro caso amoroso. Vamos esquecer essa história e seguir nossas vidas. Cada vez que eu pensar no que você fez vou tentar pensar nas meninas e ir levando. Acho que dou conta por mais alguns anos."

Sentia-me perdido e sujo, mas uma ponta de esperança surgiu ao pensar que nossa vida poderia seguir. Se ela tivesse dito que estava acabado eu não saberia o que fazer.

Karin se levantou e girou a poltrona, virando-a bem de frente para mim. O garçom e duas mesas olharam ao ouvir o som dos pés de madeira arrastados contra o piso. Ela se sentou outra vez com a coluna reta, passou as duas mãos sobre as pernas e me olhou nos olhos.

"Mas tenho duas condições" ela disse com a voz firme. "Se eu souber ou desconfiar de qualquer outro caso seu, acabou. Não vai ter qualquer conversa, vou sair com as meninas e você vai vê--las apenas o tempo que o juiz determinar. Não vou gastar meu tempo imaginando se você está por aí com outra mulher."

Ela não esperou que eu respondesse ou reagisse. "A outra condição" ela seguiu, com a xícara nas mãos "é que vamos vender a casa. Isso era um sonho *seu* e perdeu o direito a ele. Nunca precisamos de uma casa tão grande. Você vende e compramos algum lugar menor com o que sobrar." Ela levantou-se e me olhou nos olhos "não vou mudar de ideia em relação a isso. Vamos vender e pronto." Karin aproximou-se outra vez e seguiu, "vou ao banheiro agora. Se quando eu voltar você ainda estiver aqui, vou entender que concordou e podemos voltar juntos para casa."

TUDO O QUE EU queria era ir embora. Esconder-me em um buraco e lá ficar. Esperá-la voltar do banheiro era uma humilhação que ela havia engenhosamente preparado. Ela sabia que eu aceitaria, eu sempre aceitei suas condições, pois nunca imaginava uma alternativa real. Claro que eu não pensava em ter nenhum outro caso, mas vender a casa? Não era uma possibilidade que eu houvesse vislumbrado. Não era ridículo vender uma casa daquelas recém construída, sem nunca ter sido habitada? Parecia mais um dos caprichos daquela mulher que sempre me tirava o que era precioso. Mas o que eu podia fazer? Morar lá sozinho?

Ela pagou a conta no balcão e se virou para mim, quase que ordenando que a acompanhasse. Segui-a de cabeça baixa até o estacionamento. Estávamos em dois carros, cada um entrou no seu e fui todo o caminho atrás dela, acompanhando suas setas e curvas. Eu não conseguia descer do carro. Lembrei de quando aprendi na escola que durante uma tempestade esse era um espaço seguro: os pneus isolavam-no da eletricidade dos raios. Era o meu único espaço, o couro do banco com o meu formato, minhas músicas e os retrovisores ajustados para a minha altura.

Engatei a ré e saí. Olhei para câmera de ré na tela do computador de bordo: as imagens que eu não conseguiria ver se ela não estivesse ali. Um ângulo que eu poderia apenas imaginar, correndo o risco de atropelar o cachorro, uma criança ou bater em outro carro. A linha vermelha desenhada sobre a imagem real, marcando o limite para o estacionamento seguro, os apitos cada vez mais intensos diante de um potencial choque. Não havia nada agora atrás de mim, apenas o vazio, uma rua tranquila, sem carros, árvores ou crianças.

Voltei a olhar para frente. Segui pelas pequenas ruas do condomínio até cair na rodovia. Dirigi sem pensar, a raia olímpica da USP, a ponte estaiada, meus pensamentos se perdiam entre os prédios altos da Berrini e uma paisagem cada vez mais periférica. Depois de uma grande volta, vi-me outra vez rumando para o sul. Abri os vidros e consegui sentir o cheiro da represa, do verde e da névoa cinza que a cobria quando o fim do dia se aproximava. O extremo sul da cidade. O carro rangeu sobre as pedrinhas e deslizou em um trecho mais liso. Parei em frente a garagem e vi os pedreiros surpresos. O mestre de obras estava em um canto sentado e veio falar comigo. Eu disse que eles teriam mais duas semanas para terminar a obra. Disse isso sem qualquer emoção, mas firme. Olhei para ele outra vez e falei *duas semanas* e segui meu rumo até a água. Eu podia ver com o canto do olho que a casa estava mesmo pronta, já tinha o aspecto de uma obra acabada.

Sentei-me no chão de costas para a casa. Ali haveria um deque ou algumas espreguiçadeiras em algum momento. Olhei para a água tranquila e lisa, a névoa cobrindo-a ao fundo, os pequenos morros verdes e tudo ficando cada vez mais escuro. Os ruídos dos pedreiros atrás de mim foram desaparecendo e luzinhas amarelas apareceram na outra margem. Fiquei ali em silêncio, vendo as nuvens escuras cobrirem as estrelas e imaginando quem moraria na minha casa.

Vi uma placa amarela de vende-se na entrada, a conversa do vendedor dizendo que nunca ninguém havia morado ali e não, não tinha qualquer problema, havia sido mesmo uma questão familiar. Um casal de holandeses com duas crianças, construíram para eles morarem mesmo, tudo feito com a melhor qualidade, projeto de Arthur Staniassi, mas não puderam nem se mudar. Você precisava ver a cara do proprietário quando veio colocar a casa na imobiliária, é a casa dos sonhos dele, não queria vender de jeito nenhum. Mas aí está, uma casa novinha sem o transtorno de uma obra, uma oportunidade única.

Segui olhando para a água, o vazio imenso diante de mim. Tentei imaginar se havia alguma coisa sob aquela pele escura. Se peixes solitários vagavam em busca de algas verdes ou se pneus velhos afundavam junto às margens. Deitei-me na areia úmida, no que um dia havia sido uma rocha e se desfeito em minúsculos pedacinhos. Senti a água gelada se aproximando, um toque tímido que ia e vinha. Deixei meu corpo ser puxado. Correntes frias moviam-se sob mim e minhas costas distanciavam se cada vez mais do solo. Meus braços e pernas se abriram para que eu boiasse. Um homem flutuando no meio de uma represa escura no limite sul da cidade.

Esta obra foi composta em Garamond Premier Pro, pela Negrito
Produção Editorial, em Portugal, impressa na Renovagraf em papel
pólen soft 80 g/m², para Editora Reformatório, no Brasil, enquanto
o autor deslocava-se pela Holanda, em fevereiro de 2019.